神兽乐队 ②

高堰阳 左瞳 ◎著

时代出版传媒股份有限公司
安徽文艺出版社

图书在版编目（CIP）数据

神兽乐队.2 / 高堰阳, 左瞳著. — 合肥：安徽文艺出版社, 2023.9
ISBN 978-7-5396-7419-3

Ⅰ.①神… Ⅱ.①高… ②左… Ⅲ.①长篇小说—中国—当代 Ⅳ.①I247.5

中国版本图书馆CIP数据核字(2022)第006516号

SHENSHOU YUEDUI 2

神兽乐队 2

高堰阳 左瞳 著

出 版 人：姚　巍
责任编辑：李　芳
装帧设计：陈秋含

⋯⋯⋯⋯⋯⋯⋯⋯⋯⋯⋯⋯⋯⋯⋯⋯⋯⋯⋯⋯⋯⋯⋯⋯⋯⋯⋯

出版发行：安徽文艺出版社 www.awpub.com
地　　址：合肥市翡翠路1118号 邮政编码：230071
营 销 部：(0551)63533889
印　　制：北京盛通印刷股份有限公司 电话：(010)52249888

⋯⋯⋯⋯⋯⋯⋯⋯⋯⋯⋯⋯⋯⋯⋯⋯⋯⋯⋯⋯⋯⋯⋯⋯⋯⋯⋯

开本：150 mm×210 mm　1/32　印张：7.75　字数：140千字
版次：2023年9月第1版
印次：2023年9月第1次印刷
定价：32.00元

⋯⋯⋯⋯⋯⋯⋯⋯⋯⋯⋯⋯⋯⋯⋯⋯⋯⋯⋯⋯⋯⋯⋯⋯⋯⋯⋯

主角简介

莫薇薇

·身份设定·

敦煌县一所普通小学的五年级学生，父亲是敦煌研究院的壁画修复师。

·性格设定·

执着勇敢，聪明好学，喜欢吐槽，常说"我只是个普通的小学生啊"；热爱音乐，乐感很好，口琴是她最珍爱的东西。

·角色设定·

她第一次吹响口琴的时候，唤醒了莫高窟壁画世界里的加灵鸟，从此连接了现实世界与壁画世界。

加灵鸟

·身份设定·

本是蓬莱岛上的孤儿，后成为壁画世界里的著名歌星，其实出自不鼓自鸣世界。

·性格设定·

漂亮又自恋，有些粗心，变成人形的时候总忘记把尾巴收回。

·角色设定·

唱歌非常动听，还会使用很多种乐器，听力非常好，一旦拿起乐器唱歌，就变成了优雅的仙女。

文鳐鱼

·身份设定·

出身于北海，居无定所，在大海中四处遨游。

·性格设定·

沉着冷静，善于思考，总能提出解决问题的办法，是一个具有学霸气质的小男孩。

·角色设定·

擅长医术，变成人形的时候，会幻化出一支笛子。当文鳐鱼吹响笛子的时候，可安抚躁郁的情绪，也可以对生物进行催眠。

配角简介

渌水神医

医术超群的长者，文鳐鱼的师父。

鲲鲲

文鳐鱼的母亲、文鳐歌女的好朋友，住在冰凌之海。

精卫

神农部落始祖大帝之女。

赤松子

大雨师。

目 录 CONTENTS

第36集

章尾山

莫薇薇一行人几经周折，终于到了章尾山，也不知道能不能找到莲花笛。

"莲花树是不是在山顶上啊？我们快点！"加灵说着，就率先朝山顶飞去。

莫薇薇没理会加灵，她被章尾山的景色吸引住了。

这里竟是一片新绿，四处树木苍翠、花香四溢，闻一闻，仿佛空气都带着甜味。

不对，好奇怪，离城明明是寒冷的冬天，章尾山怎么会是春天呢？

难道越过海就是春天了吗？这里果然怪怪的。

莫薇薇一边想着一边往前走，想追上前面的加灵，但当她抬头一看，发现加灵根本没飞多远，而是在前方的山路旁停下了。

莫薇薇和文文看着她停顿的背影，都觉得有点奇怪，忙追了上去。

"出什么事了？怎么愣在这里？"文文问。

加灵摊开自己的双手看了看，表情有些呆滞，似乎还带着疑惑。

莫薇薇忙伸手在她眼前晃晃："喂，加灵，你怎么啦？"

加灵看着她，表情难得认真："我飞不起来了。"

啊？这是又发生了什么事？

莫薇薇心里一惊，文文意识到了事情的严重性，皱起眉头问她："怎么回事？你是不是累了？"

加灵摇头："怎么可能！在我们蓬莱，族民们有任务在身的时候，飞上一天一夜都不会累的！"

"文文，你试试能不能飞。"莫薇薇转头对文文道。

"好。"

文文试着使出法力，但无法变出飞鱼的翅膀，一阵脱力的感觉传遍他的全身，法术似乎从双手中消散了。

文文心里一惊，也看了看自己的手："糟了，我也飞不了了。"

"天哪！"莫薇薇惊呼。

加灵和文文又试了好几次，还是飞不起来。文文翻出了笛子，试了试法术，发现连用笛子使出的法术也失效了，现在他的笛子只能吹出普通的音乐了。

"啊！这到底是什么鬼地方？"加灵暴跳如雷。飞行和歌唱可都是令她骄傲的本领，少一样都不行！

"我想，这个地方可能被设了禁令，任何人都无法使出法术。"文文分析道，"难道这也是烛龙的法术？和结界差不多，只不过这次不是空间限制而是法术限制了。"

"可恶，难道我们只能一步一步地爬到山顶了？"加灵挑着眉毛问。

"现在只能这样了，既然烛龙不想让外人随便靠近莲花树，那他一定会设立很多奇奇怪怪的禁制。"莫薇薇道。

"我们先往山顶的方向走，见机行事。"文文说道。

三个人继续沿着刚才的山路一步步地向前走，没多久就在半山腰处见到了一个分岔口。左边是宽阔平坦的山路，右边是蜿蜒崎岖的山路，而两条路的交叉处放着一尊雕像，那尊雕像刻的是一个有着圆圆脑袋的小和尚，他正闭着眼睛念经。

"上山的路不止一条啊，左边的山路看起来好走一些，我们走这条吧。"加灵说着就要往前走。

文文一把拉住了她："等等，这两条山路看起来怪怪的。"

莫薇薇也觉得奇怪，正常的山路，怎么会差别那么大？

莫薇薇正想着，再仔细一瞧，发现那尊小和尚雕像的底座上写着两个字，她把底座上的土擦了擦，才看清那两个字——心禅。

她又看了看左边和右边明显不同的山路，灵光一闪，想起了

一个故事。

"啊！我知道了！"莫薇薇大叫。

"怎么了？怎么了？"加灵连忙问。

"我想起来了，我爸爸为了教育我，要我脚踏实地好好学习，曾给我讲过一个小和尚的故事，那个小和尚就叫心禅！"莫薇薇道。

"什么故事？"加灵和文文同时问道。

莫薇薇娓娓道来：

"从前有一位叫慧能的高僧，他为了检验自己的弟子们是否有慧根，就在飞来峰的峰顶修建了一座祖师法像，还说谁能第一个爬到山顶，并摸到祖师法像的慧眼，谁就能继承自己的衣钵，呃，也就是继承老大的身份吧！"

"嗯？谁能第一个摸到祖师法像的慧眼，谁就是下一任老大？整个寺庙最厉害的人？"加灵问。

"对呀！所以庙里的弟子们都想尽办法，想要第一个到达山顶。"莫薇薇道。

"那很简单，加速跑啊！"加灵神经大条地来了这么一句。

文文看着加灵，叹了口气："高僧的考试怎会如此简单，那飞来峰定是异常凶险吧？"

莫薇薇点头："没错！飞来峰的山路非常不好走，一不小心就会跌入万丈悬崖！别说通过考试了，小命都会没了！"

"那怎么办？人类又不会飞行。"加灵问。

"很多弟子偷偷找到了爬上山顶的捷径，还有几个人结伴找到了山上最宽敞、最平坦的路，一路向前，最后大家都到了山顶，只有一个叫心禅的和尚还没到。"莫薇薇继续道，"因为他走的是山正面的那条最不好走的路，山路曲折不说，还到处长满荆棘！不过，他最后还是到达山峰了。"

"可是，他是最后一个到的，当不了老大了啊！"加灵双手抱胸，表示不解。

莫薇薇摇头："不！最后慧能高僧反而把老大的位置传给心禅和尚了！"

"啊？这是为什么？"加灵大惊。

"嗯，我明白了。"文文淡淡地道。

"看！文文都明白了，你还不知道呢！"莫薇薇笑道。

加灵不满地叉腰："那文文你说，为什么慧能高僧把老大的位置传给那个什么……心禅和尚了？"

"师父跟我说过类似的道理，学医犹如修行，若是修行，便贵在'正当'二字。其他人都是走了捷径到山顶的，妄图轻松享乐，只有心禅和尚面对困难，一步一个脚印，踏实攀登，真真正正地走了佛之路，所以高僧才会传位给他。"文文解释了一番。

"啊！原来是这样啊！"加灵大悟。

"嗯，而且我也明白了烛龙为何封禁我们的法术了，他是不会让贪图捷径的人飞到山顶的，所以，我们必须一步一个脚印地走到山顶。"文文继续道。

啊……文文居然想通了一切，好厉害！

咦？感觉这个烛龙山神和她想象中的凶神恶煞的大仙不太一样。

莫薇薇对这位神仙越来越好奇了。

"喂，那我们该不会要按照故事里的来吧？我们要走右边那条看起来不好走的路？"加灵问他俩。

莫薇薇震惊，加灵开始动脑子了！

文文惊讶："你居然开始动脑子了？"

"喂！你说什么？不过是平时本歌神看你聪明，想给你表现的机会罢了！"这只鸟居然傲娇起来了。

"好，好……"文文无语，"既然路中间有心禅和尚的雕像，那我们就按照故事里心禅和尚选的路走吧。"

"好！"莫薇薇赞成。

三个人刚刚走上右边崎岖的山路，就听到左边传来轰隆一声巨响。

三个人再向左看，发现刚刚那条平坦的山路竟然顷刻间崩塌、断裂，山石全部掉下了山崖。

莫薇薇脸都白了，小声念叨："幸好选对了，要是选错了……"

这地方果然可怕！

知识注解

　　飞来峰：又名灵鹫峰。飞来峰由于长期受地下水溶蚀作用，形成了许多奇幻多变的洞窟，如龙泓洞、玉乳洞、射旭洞、呼猿洞等，洞洞有来历，极富传奇色彩。

看着左边突然崩塌的山路，三个人心里都一惊。

文文道："看来去山顶的路并不好走，我们还是小心为上。"

"难怪离城人上山寻宝都失败了……烛龙在海上设结界之前，那些走到这里的人，该不会都掉下去了吧？他们都摔死了吗？"加灵问。

"我想应该没有，船夫不是说离城的人都活着回去了？所以我想这些人选错了路后就直接掉到山下的海里了。"文文道。

"嗯……你的意思是说，烛龙不让任何人靠近，却也不会真的伤及普通百姓吗？"莫薇薇突然想到了这一层。

"就目前来看，我觉得是。你想想，我们沿着那片奇怪的海一路前行，即便碰到了旋龟，它也只是想顶翻我们的船，并没有伤害我们。"文文道。

"也对哦，而且这两条山路搞不好也是烛龙用法术修建的，左边的路大概过不了多久就又会恢复成刚开始的样子，用来考验后面上山的人吧？"莫薇薇猜测道。

"很有可能。"文文回应。

"现在想那么多没用啦！我们快往山顶走吧！"加灵说完跑在了前面。

莫薇薇和文文也跟了上去。

三个人继续沿着山路向上走，走了没一会儿，天气越来越热了，三个人都开始出汗了。再看四周，刚刚还是一幅春景的章尾山，竟然变了颜色，布满日光的丛林间还隐约传来了蝉鸣声。

三个人停下了脚步。

"怎么回事？天气越来越热了，我都爬不动了。"莫薇薇喘着粗气道。

"不是天气越来越热，而是这里已经是夏天了。"文文道。

加灵不耐烦地用手扇了扇风："这地方季节变化得也太快了吧！才一会儿工夫就到夏天了？"

的确，从来时的海上昼夜交替速度来看，这里的时间流速确实很奇怪。

"烛龙……"文文闭着眼想了一会儿，突然道，"我想起来了，师父说过，烛龙乃龙中之首，具有通天神力，一念之间，便可更改昼夜、四季。看来章尾山和附近海域，是因为他才时间错乱了。"

"啊！原来是这样！所以这里的时间变得飞快。那会不会待

会儿这里又变成别的季节？夏天之后就是秋天？"莫薇薇问。

文文摇摇头："或许吧，我们继续往前走吧。"

三个人继续走了没多久，天气果然转凉了，那股扑面而来的热气和蝉鸣声都消失了。紧接着树上的叶子纷纷掉落，放眼望去，竟已是一片金秋之景。

"啊！果然，秋天到了！这烛龙竟然这么厉害？"加灵咋咋呼呼地道。

"可是这么厉害的神，会让我们轻易拿到莲花笛吗？"莫薇薇不禁问道。

文文沉默了一会儿："不知道……可是妈妈的笛子，我无论如何都要得到。"

看着文文坚定的眼神，莫薇薇也在心底给自己打气。没错，他们是带着重要任务来的，既然已经走到了这里，就不能退却！

章尾山的秋天不一会儿就消失了，天气变得更冷了。转眼，山上竟是一片荒凉之景。冬天来了，天空突然飘起了雪花，一眨眼，山路上就覆盖了一层厚厚的雪。

"到冬天了，山路更不好走了，我们小心点。"文文说着走在了前面。

他们正走着，厚厚的雪地里突然出现了几棵粗壮的枯树。三个人吓了一跳，根本来不及躲避，拔地而起的枯树把他们围了起来。一眨眼，他们就被这些枯树包围了！

"发生什么事了？"莫薇薇大喊。

"烛龙应该发现我们了，这是他的法术。"文文不慌不忙地解释。

"他那么厉害，搞不好，我们下船登山的时候，他就知道了。"加灵道。

"啊？那我们现在怎么办？"莫薇薇问。

"前面有东西。"文文道。

他们往枯树围成的圈子中间看了过去，雪地里又拔地而起了一根根高矮不一的竹竿，这些竹竿围成了一个圈。

他们走到竹竿处，才发现圈子里放着一把琵琶。他们正好奇呢，就见琵琶上浮现出一行金色小字："仅此一次，有误则困。"

"什么意思？该不会是烛龙让我们用这把琵琶弹首曲子吧？而且还不能弹错？否则就要被困在这里？"莫薇薇问道。

"弹琵琶？这不是很简单吗？让我来！"加灵说着就已经跪在了琵琶面前，摆好了标准手姿，动作优雅。

"等等！你先别弹啊，我们还不知道烛龙让我们弹什么曲子，弹错就出不去啦！"莫薇薇连忙跑过去抱住了加灵的胳膊。

"没错，再等等，也许还会有提示，机会只有一次，我们要谨慎些。"文文也凑了过来，仔细观察琵琶。

　　这时候，地上的雪化了，气温开始上升，冬天转瞬过去了。紧接着，琵琶四周的竹竿突然一根接着一根地响了起来，连成了一首华丽悠扬的曲子。

　　竹竿竟然发出了声响？还能自动成曲？

　　"竹竿插在地上也能响啊！"莫薇薇惊讶地说。

　　"是地气吹出来的笛声。"文文说。

　　莫薇薇问道："什么是地气？"

　　"大地是有气流的，天冷的时候，气流会积聚起来，等到暖和了便会涌动。地气进入竹竿，就有了笛声。"

　　"也就是说，因为这里刚刚从冬天变成了春天，天气变暖了，所以地气进入竹竿，这些竹竿就响了？"

　　"没错。"

　　这会儿，加灵却异常安静，她正认真地听着竹竿奏响的乐曲。等了一会儿，一曲终了，她开口道："这是《敦煌曲》！"

　　"你听出来旋律了？"莫薇薇很开心，关键时刻，加灵也很棒嘛！

　　"当然！本歌神是谁？这《敦煌曲》的曲谱可是被称作难如登天的乐曲天书，这世上能看懂此曲谱的恐怕不超过俩人！"

　　"哇！这么说，这俩人指的就是你和烛龙了呗？"莫薇薇震惊，这傻鸟是不是在吹牛啊！

加灵哼哼鼻子："哼，很有可能哦！没想到这烛龙在音乐方面还有点造诣啊！"

"这倒是完全想不到……那加灵，你试试用这把琵琶弹一次《敦煌曲》吧。"文文道。

"好！"

加灵的手指飞快地拨动着琵琶弦，一时间，优美的琵琶声传遍四处，如涓涓细流汇入大川。一曲完毕，莫薇薇呆住了。虽然她早知加灵凭借高超的音乐水平名声在外，但只有在现场感受一番，才能明白为什么这只莽撞的傻鸟会拥有那么多粉丝！

而此时，竹竿和琵琶突然消失了，把他们困在中间的枯树也消失不见了，布满春景的山路又重新出现在了眼前。

"太好了！加灵弹对了！我们出来了！"莫薇薇很兴奋。

"本歌神出马，难道还会出差错吗？"傻鸟又开始骄傲了。

"先别高兴得太早，你们看前面。"文文的语气有点严肃。

她们随着文文的目光往前看，山路的尽头竟然出现了一扇紧闭的石门。

知识注解

　　《敦煌曲》：二十世纪初，大量五代写本被发现于甘肃敦煌莫高窟（又称千佛洞）。随之而重新问世的唐五代民间词曲，其词或称为敦煌曲子词，或称为敦煌歌辞，其乐谱至今未被完全破译。

第38集
五音疗法

　　三个人快步往石门走去，它有两扇对称的厚重门扇，石门的正中间有一个奇奇怪怪的大转盘，再仔细看，这个大转盘竟然分了两层——外圈和内圈，而且外圈和内圈上还分别排列着五个字。

　　"嗯？好端端的山路上怎么会立着一扇大石门？"加灵凑过去推了推门，门没反应，她又用力推了推，门还是没有动静。

　　"没用的，看来这门上的大转盘是个机关，我们只有破解机关才能打开这扇石门。"文文双手插进袖口里，抬头看着那个转盘道。

　　"我也这么认为，可是这个大转盘是什么？锁吗？"莫薇薇正问着，转盘上方又出现了刚才琵琶上那样的金色小字："仅此一次，有误则锁。"

　　"又是只有一次机会啊！"莫薇薇仔细看转盘上的字，"这转盘的内圈写着心、肝、脾、肺、肾，这个我能看懂，可这外圈写的宫、商、角（jiǎo）……"

"不对，不对！音读错了，是角（jué）！宫商角徵（zhǐ）羽的角！"加灵立刻纠正。

"啊？宫商角徵羽……原来这个字在这里念这个音啊，可这五个字是什么意思？"莫薇薇问道。

"这是五声音阶，其实和你在学校的音乐课里学到的 Do、Re、Mi、So、La，音乐简谱上的 1、2、3、5、6 是一样的。这样讲，你就明白了吧？"加灵解释道。

莫薇薇看着加灵一本正经地给她讲音乐知识的样子，脑海中浮现出不久之前加灵扮作老师的模样。这傻鸟，正经起来时还真让她有点不适应。

"你这样说我就知道了，可转盘上的这十个字到底是什么意思？内圈的字是人体器官的名称，外圈的字又是音阶名称，人体器官跟音乐有什么关系？"莫薇薇百思不得其解。

"人体器官和音乐？"文文刚刚还一脸苦思的模样，现在豁然开朗了，"我知道了……原来是这样。"

"文文，你想到解开转盘机关的方法了？"莫薇薇很惊讶，"这也太快了吧，学霸果然是学霸啊！"

"你们仔细看转盘的外圈和内圈，两层圈上的字是可以一一对应，并在一条直线上的。比如现在外圈上的'宫'字对应的是内圈上的'心'字，这两个字正好上下排列在一起。"

文文仔细盯着转盘，道。

"然后呢？"加灵呆住，没想明白。

"之前，我跟着师父学医时，曾看过一本叫《黄帝内经》的书，里面讲到一种五音疗法，说的就是通过五声音阶治疗人体的五脏六腑。"

"啊？你的意思是，音乐可以治病？这么神奇吗？"莫薇薇大吃一惊。

"嗯，没错，比如这个宫音，就是专攻脾的。当我们用脑过度的时候，其实脾脏会受到很大的伤害，这时候就可以用宫音让自己亢奋起来，从而达到治疗脾的效果。"

"啊，我知道了！现在转盘上'宫'字对应的是'心'字，那这就是错的嘛，应该对应'脾'字。"莫薇薇突然明白了。

"也就是说现在转盘上对应的字全是错的，只要我们把正确的字对上，门就可以打开了？"加灵瞪大眼睛，她也听明白了。

"嗯，如果我没猜错的话，应该就是这样。"文文点点头，"还好这是个转盘，只要我们知道了其中一对，把字对上，转盘转动，其他的字就能自然而然地对应了。"

"哈哈！那太简单了，我来推转盘。"加灵说着直接推动了转盘，把"宫"字和"脾"字对齐了。两个字一对上，转盘里面咔嚓咔嚓响了几下，锁应声打开，门也缓缓开了一条缝。

太好了！石门打开了！看来这个转盘机关的确是按照五音疗法设置的。文文可真厉害！而且，设置这个机关的烛龙看来也不简单……

也是，毕竟是神仙嘛！

"对了，文文，我最近老失眠，听哪个音调可以治疗啊？"加灵突然一阵好奇。

"其实很多因素都会引起失眠，比如肝失调或者肾虚。如果是肝的问题，就听角调音乐，有助于疏通肝脏。"

"这样啊！"加灵似懂非懂地点点头。

"那其他的呢？"莫薇薇听得津津有味。

"如果是肾虚的话，就听羽调音乐。"

"那还有两个，商和徵，它们可以治什么呢？"莫薇薇继续问。

"商音一般都是用锣鼓这样的乐器演奏的，这类音乐比较能鼓舞精神，正好适合情绪低落的人听，而情绪低落又容易伤肺，所以商调音乐就可以用来治疗肺，而徵调音乐和商调音乐正好相反。"

加灵插嘴道："太开心不会也有问题吧？"

文文点头说："我们都把情绪低落叫作'伤心'，但其实过度开心才真的会伤害心脏，而这时候就可以用徵调音乐来调节。"

莫薇薇惊叹不已："哇！这可真是一门大学问呢！"

"嗯，宫入脾，商入肺，角入肝，徵入心，羽入肾，要真正学好可不简单呢。"文文继续道，"好了，门开了，我们继续前进吧。我们好像快到山顶了。"

三个人进入石门之后，走了一段上坡路。没多久，他们就到了章尾山的山顶。

山顶景象映入眼帘，犹如仙境，这里竟是一片粉色的世界！

知识注解

　　五声音阶： 汉族古代音律。从宫音开始到羽音，依次为：宫—商—角—徵—羽，即为 1、2、3、5、6（宫、商、角、徵、羽）。

　　《黄帝内经》：《黄帝内经》分《灵枢》《素问》两部分，是中国最早的医学典籍，传统医学四大经典著作之一。

　　五音疗法： 根据中医传统的阴阳五行理论和五音对应关系，用宫、商、角、徵、羽五种不同音调的音乐来治疗疾病。

到了山顶就仿佛进入了另外一个世界，这里格外宁静，放眼望去，天空中飘着粉色的莲花花瓣，山顶的尽头就是一棵巨大的莲花树。莲花树在薄薄的云雾间若隐若现，这里竟然已在云巅。

"哇！这里的景色堪比我们蓬莱了！没想到章尾山的山顶这么漂亮！"加灵惊叹道。

"真的呢！而且这里好安静，空气好清新！"莫薇薇也感慨道。

"历史书上说笛子是莲花太子从莲花树中发现的，也许烛龙重新把笛子放了回去。"比起美景，文文最先想的还是笛子。

"这莲花树看起来好高啊，我飞上去看看。哦，不对，我们现在使不出法术了，难道要爬到树顶?!"加灵震惊。

这么高的树，好像直通天宫了，这要爬到什么时候？

他们连忙飞奔过去，靠近之后，莲花树显得更加高大，抬头仰望树上的莲花，朵朵灿烂，颜色也仿佛更艳丽了，只是不知道笛子被藏在哪一朵花里。

加灵仰着头，看着满树繁花道："这么多花，得找到什么时候啊！"

嘴上这么说，她还是准备赶紧往树上爬。可是就在她的手碰到莲花树的那一刹那，莲花树发出一道奇怪的光芒。

紧接着，天地间陡然一震，刚刚还是一片繁花盛景的山顶，顷刻间昏暗下来，紧接着一道红光闪过，一道嘶吼声响彻整座山。

三个人吓了一跳，地面晃动得厉害，他们都快站不稳了。

文文在混乱中大喊："先离开莲花树！"

在三个人远离了莲花树后，大地才停止震颤。

他们再定睛一看，眼前的天空中正浮着一条红色皮肤的巨龙。那龙长至千里，似乎将整个章尾山都围了起来，一眼看去根本看不到他的尾巴。

这是烛龙？

烛龙在空中俯视他们，他的身体几乎遮蔽了整片天空。他双眼正发着黄光，愤怒地盯着他们："凡人，扰吾章尾山宁静，究竟意欲何为？"

"我……我们来找莲花笛！"莫薇薇勇敢地说了出来。

"哼！莲花笛乃章尾山圣物，吾乃此处山神，又怎会让你们轻易取走！"

"既然如此，又何必由着我们一直到了山顶？"文文语气严肃地问他。

这时，烛龙的目光竟然紧紧锁住了莫薇薇，莫薇薇被吓得往后退了一步。

"吾曾对一个人类有过承诺，不得伤及人类。"烛龙盯着莫薇薇又厉声喝道，"不过，到此为止了！莲花笛不可交予你们！速速离山！"

"可莲花笛是妈妈曾经用过的笛子，那是她的遗物，我必须收回！"文文一边说着，一边拿出笛子准备迎战。一向冷静的他，看来还是被触及了底线。

他决定要硬来了！

"胡扯！此乃那人的旧物，来路不明的小鬼，也敢如此妄言！"烛龙的怒火更旺，逼近文文说道。

加灵大喊道："他妈妈是曾经帮助莲花太子解决人族和兽族战争的文鳐歌女，他才不是什么来路不明的人呢！"

这时，烛龙沉思了一会儿，重新将目光放在文文的身上："原来如此，文鳐歌女之子……哼！你居然是那人的同党！说吧，他人现在在何处？为何不来章尾山赴约？"

莫薇薇满脸惊讶，什么乱七八糟的？烛龙在说什么呀？

"什么章尾山之约？"文文也没明白。

"还装傻！你既然是文鳐歌女之子，那就是那人的同党，难道你不认得他？"烛龙突然大怒。

"等等！你刚刚说'那人'的旧物，这个'那人'指的该不会是莲花太子吧？"莫薇薇这才想明白。

"哼！你们果然认得他！他不守信用！还派你们来拿走莲花笛，意欲何为？"烛龙的双眼突然变得通红，大地又是猛然一颤。

"怎么回事？怎么一提到莲花太子他就生气了？"加灵飞不起来，站在左摇右晃的地上，差点摔倒。

"我也不知道啊！他们之间到底发生了什么？"莫薇薇也大喊。

"小心！"文文大叫一声，狠狠地推开站在原地的莫薇薇和加灵，三个人一齐倒向了另一边。

紧接着，烛龙的巨爪拍在地上，他们刚刚站着的那块地竟然顷刻间裂开了！

呼……好险！

"哼！区区人类，既弱小又不讲信誉！既然你们要拿走莲花笛，那就先过了吾这关再说！"烛龙说着，对着天空发出一声嘶吼。

"你讲不讲道理？这山上到处是你的封印法术，我连飞都飞不起来，拿什么跟你打？你好歹也算一个山神，竟如此卑劣无耻！"加灵指着烛龙大骂。

　　烛龙怒极反笑："鸟族！你倒是有几分胆量，吾这就去了封印法术，并且只用一成功力，你们若胜了吾，莲花笛便交予你们！"

　　话音刚落，加灵和文文只觉得力量不断涌入身体，他们的法力恢复了！这烛龙竟然如此瞧不起人，那就别怪他们不客气了！

　　法力一恢复，加灵一个飞踢往烛龙身上踢去，那一脚踢在烛龙庞大的身躯上，竟只如蚊虫叮咬。烛龙晃动身体，一下子就将加灵甩向高空，加灵立刻控制身体，飞了回来，又一脚踢中烛龙，但烛龙轻轻一弹便又将加灵弹飞了出去！

　　"加灵，攻击他的眼睛！这样他就看不见了！"莫薇薇躲在一处山石后面冲着天空大叫。

　　加灵一听这话，立刻调整方向，直直冲向了烛龙的眼睛。谁知那双眼睛突然放出一道刺眼的光芒，加灵被这道光刺得睁不开眼。

　　眼看烛龙的一只巨爪就要趁机拍向悬在空中睁不开眼的加灵，这时，一股力道正好的水流把加灵冲开了，让她逃离了巨爪的攻击范围。加灵再睁开眼时便明白了，是文文用笛子吹出了水流保护了她。

　　她心里一惊，虽然不知道刚才发生了什么，但好在逃过一劫。

　　一向神经大条、不怎么正经的加灵突然有了危机感。她皱着眉头，睁大眼睛，冲着文文大喊："文文，我们合力打败他！"

"不要直视他的眼睛！"文文大喊，"他的眼睛可以控制昼夜！"

刚刚那道光使得加灵现在头疼得厉害，视力下降了不少。

莫薇薇十分担心，烛龙的山神之力恐怕远在龙小五之上，他们根本不可能打赢他！

怎么办？她的大脑飞速转动，却想不出来一点办法。

文文也飞到了空中，配合加灵开始攻击烛龙。即使两个人合力，也伤不到烛龙一根汗毛！

"文文，我们在空中一左一右分两路攻击他！"加灵落在地上，半眯着眼睛跟文文商量对策。

文文只觉得身体越来越迟钝了，他的眼皮也沉得渐渐抬不起来，喘息了一会儿才道："不行，烛龙使用了日光之力，你现在视力受损，我要在下面支援你，不然你会有危险！"

加灵在这紧急关头，毫不犹豫地相信了文文的判断，点头："好，我听你的！那我继续飞到上空攻击他，你想办法保护我。"

"好！"

不对！

莫薇薇敏感地察觉到文文不太对劲，刚刚在天上和加灵一起攻击烛龙的时候，文文的飞行速度就变得越来越慢了，这到底是怎么回事？

难道文文的眼睛也出现问题了？

烛龙的日光之力还在持续，文文用笛子吹出泡沫屏障保护加灵，抵挡住了烛龙的攻击。有了这层屏障，加灵可以半睁着眼，加大力气冲着烛龙的眼睛飞踢了！

但是没多久，保护加灵的泡沫屏障竟突然裂开了！

莫薇薇心里一惊：糟了！加灵有危险！

"加灵！快闪开！"莫薇薇大喊。

莫薇薇的这一嗓子，让加灵本能地躲闪了一下，烛龙的爪子从她身边擦过，她险些被击中。神经再粗的她都察觉到不对劲了，她回头看向地上的文文，大喊："文文，你怎么了？"

此时的文文已经半个身子跪倒在地，全身的脱力感让他整个人都难以动弹。

难道烛龙又把法术封印了？不对，加灵还好好地飞在上空呢！

莫薇薇冲了过去，扶着文文问："文文，怎么回事？"

文文勉强睁开一只眼道："不行……烛龙的日光之力对我影响太大。"

啊！她突然想到了，文文是夜行生物！他的生物钟和她们是不一样的，难道日光之力会削弱他的战斗力？

"这股力量会让我的细胞活性降低，我现在使不出力气了。"文文小声对莫薇薇道。

糟了！莫薇薇心中焦急起来，她的大脑飞速运转着，要赶紧

想出办法！

而加灵此时顾不上这边，她只能暂时半睁着眼睛对抗烛龙。

一定要让烛龙撤掉这个法术，不然他们就完了！

"烛龙，你难道就这点本事吗？本姑娘天天晒太阳，才不怕你的日光之力！正好我要进行日光浴呢！"莫薇薇指着烛龙大喊。

烛龙冷哼一声："狂妄的人类！"

话音刚落，那道刺眼的强光突然消失了。莫薇薇再抬头一看，烛龙的眼睛又射出来一道黑色的神秘物质，紧接着，四周顿时像暗无天日的地窖，一丝光亮都不存在了，周围漆黑一片，什么都看不到！

"大家小心，这是烛龙的夜之力！"文文大喊。

莫薇薇刚要庆幸烛龙撤掉了日光之力，可恶的是，这会儿情况变得更糟糕了，她什么都看不到了！

黑暗中，她听到文文小声道："我没事了，但是四周太黑了，什么都看不到。"

看来文文恢复力气了。莫薇薇刚要在黑暗中确认加灵的情况，一阵冷风突然从耳边刮过，她已经预感到了不妙，却无法确定烛龙的攻击会从什么方向过来，只能愣在原地干着急！

千钧一发之际，莫薇薇和文文忽然被拎了起来，身体不受控制地倒向了一边。紧接着，他们在黑暗中听到了加灵的声音："交给我！"

是加灵救了他们，及时将他们带离了烛龙的攻击范围。

"加灵，你的眼睛没事了？你能看得清？"莫薇薇大喜。

"我也看不清，但我的听力在夜晚会变得更好！"加灵回答道。

还有这种事！加灵太厉害了！

"你是通过声音分辨方向的吗？"莫薇薇问。

"没错！小心，有风声！他的爪子过来了！"

"我没事了，保护大家的任务交给我。"文文说着，用笛子吹出了泡沫屏障，罩在了加灵和莫薇薇的身上。

紧接着，烛龙的爪子就拍在了他们所在的位置上，加灵带着他们飞快逃开，原先位置的地面又裂开了一个巨大的口子，飞石砸到了他们的身体上。

幸好莫薇薇的身体被文文的泡沫屏障保护起来了，不然恐怕真的会被这些飞石伤到！

"哼！听声辨位，倒是有点本事。"空中的烛龙忽然道。

紧接着，周围突然刮起了猛烈的风，大风似乎要将整个山顶掀开。

"可恶！他制造了这么大的风，我没法儿听清楚攻击的来向了！"加灵恼怒地叫喊道。

　　烛龙居然放出声音干扰，这下子他们在黑暗中彻底失去了战斗力！

　　可恶啊！莫薇薇是真的生气了！

　　"啊！"

　　又是一声大喊，是加灵的声音！发生什么事了？

　　他们刚刚被烛龙攻击后，就分散开了，现在完全不清楚周围是什么情况。

　　随着加灵的一声叫喊，莫薇薇又听到了咚的一声。糟了！难道是加灵刚刚飞到了天上，想要破坏烛龙的眼睛，反而被烛龙打下来了吗？

　　可恶，周围黢黑一片，什么都看不到。

　　"加灵，你在哪？还好吗？"莫薇薇大喊。

　　"我没事！我本想着趁文文的保护罩没消失，冲到天上盲打一拳，结果被这家伙打到了！这家伙好强，气死我了！"加灵已经被气坏了。

　　视线受阻，听力也受限的他们，在这种环境下毫无还击之力！

　　"可恶！烛龙，有本事就公平打架，'关了灯'算什么好汉啊！"莫薇薇气得大喊。

　　就在这时，周围的黑暗渐渐退去，烛龙又将这里变成了普通的白天。

莫薇薇看到加灵和文文都喘着粗气，因为连续攻击和保护己方，两个人消耗了很多体力。

　　烛龙的语气透着一股不屑："凡人，既然弱小，就应当懂得避险自保，违抗天神犹如以卵击石，简直可笑！"

　　天神？这家伙不是山神吗？

第41集
天神烛龙（三）

现在的情况对他们十分不利，这个时候，硬来肯定是不行的了！

莫薇薇正想着，这时，一阵笛声传来，那是文文在吹催眠曲。

加灵听到笛声，脸色都变了。莫薇薇立刻察觉到了什么：这曲子的声音不太对……

不是他吹过的催眠曲！这是什么曲子？

烛龙大惊："小子，你在吹什么？"

烛龙似乎很害怕听到那个声音，他突然伸出巨爪扑向文文，文文躲闪过巨爪攻击，音乐也断了。

一向冷静的文文，此时的表情竟然有一丝丝的愤怒。

加灵趁机飞到了天上，可是她刚飞到烛龙的眼睛周围，那眼睛又立刻放射出了刺眼的光。

她赶忙闭上眼睛，躲闪开来。可恶！只要她飞过去，烛龙便会冲她发射强光！

这会儿，莫薇薇看见文文冲加灵使了一个眼色，表情严肃。加灵立刻读懂了那个眼神，狠狠地点了点头表示认可。

　　看来他们要继续合作了！

　　紧接着，加灵飞到了高空，对莫薇薇大喊："薇薇，我不能看他的眼睛，从现在开始我要闭着眼跟他打，你告诉我位置！"

　　"好！"莫薇薇立刻答应。

　　没关系的，只要三个人一起努力，一定可以打败烛龙的！

　　"加灵，左边，快躲开！"莫薇薇大喊。

　　巨爪被加灵一个闪身躲开了，而忙着对付加灵的烛龙又听到了那个可怕的笛声。他心神一慌，嘴里立刻吐出一串火焰，直直地喷向了吹笛子的文文，在文文闪身躲开的工夫，音乐又断了。

　　"加灵，不要停！"文文大喊。

　　"好！"

　　紧接着，加灵像是突然被激发了潜力，高速飞行在烛龙的眼睛四周，企图攻击他的眼睛。

　　莫薇薇一直在报告烛龙的攻击来向，这让烛龙的攻击全都落空了。

　　加灵还在持续高速飞行，这让烛龙眼花缭乱。

　　烛龙一个不注意，竟然让加灵一脚踢在了他的眼皮上。

　　他们成功了！他们伤到烛龙了！

应该是文文的笛声暂时吸引了烛龙的注意力，削弱了他的战斗力。

那个音乐到底是怎么回事？是文文新学的技能？

"哼！小子，反着用五音疗法，扰吾心肝，坏吾脾肺！可恶，你果然是那人的同党，吾今日定饶不了你！"烛龙咆哮一声，瞬间天地又是一颤。

啊！没想到，文文竟然在那么短的时间里，独创了破坏五脏六腑的音乐！

趁烛龙虚弱之时，文文利用上次在精卫降雨失误时吸收的雨水，释放出了强大的水系法术。一股巨浪像一根大链子朝着烛龙飞去，瞬间将他束缚在原地。

"快！加灵，趁他虚弱的这会儿工夫，飞去树上找笛子！我们打不过他的，拿了笛子就跑！"文文一边用法术困住烛龙，一边对加灵道。

"我知道了！"

加灵刚要趁机飞到树上，却发现那根水做的链条五秒都没撑过，砰的一声就被烛龙挣脱开来。

水链在空中散开，顿时，天空像下起了大雨一般。

紧接着，烛龙又伸出了巨爪，要将冲向莲花树的加灵抓住。他口中大喊："休要碰吾的莲花树！"

加灵在空中差点被烛龙抓住，幸好她的潜力被激发了，飞行速度变得更快了，动作也比以前更加敏捷了，这才顺利躲过了攻击。

加灵飞回到了地上，和他们站在一起，连她都严肃了起来，跟两个人小声商量："不行，我们是绝对打不过他的，要想其他的办法了。"

"哼！你们虽然弱小，但是有几分胆识和不服输的劲儿……罢了，吾不想再跟你们玩下去了。"

莫薇薇预感不妙，烛龙要放大招了？

这可不行！

想到这里，她立刻冲到了前面，站在烛龙的面前，把加灵和文文护在身后，大喊："你不是跟莲花太子有过约定，不能伤及人类吗？我可是人类，你不能伤我！"

没想到，烛龙听到后爪子一拍地，地面瞬间又裂出几道缝隙。烛龙怒吼道："你还有脸跟吾提他！此人极其不讲信誉，让吾在章尾山等了数百年！既然他不讲信誉，吾又何必继续遵守与他的约定？"

什么？这一招竟然不管用！

烛龙和莲花太子之间到底有什么过节？

莫薇薇的这句话，竟然彻底激怒了烛龙。

烛龙怒目圆睁，吹出一口气。

霎时间风云突变，草木凋零，天地间下起了鹅毛大雪，山顶眨眼间冰天雪地。

没过多久，因为这里的气温骤降，他们三个人倒在地上，根本动弹不了。可恶，这不是普通的冬天，这是……烛龙的极寒之力。

山顶顿时变成了一片荒凉之地，天地万物寂静无声，任何生物都扛不住这里的寒冷。

莫薇薇看了文文和加灵一眼，发现即便是在深海生活过的文文，也抵抗不了这么低的温度。

可恶，她一个普通人类，今天是不是就要被冻死在这里了？

她身上还穿着从现实世界带来的厚衣服，在烛龙的极寒之力下却根本不管用。

莫薇薇的意识渐渐模糊，这个时候，她想起了现实世界里的妈妈。

好久没回去了，有点想念妈妈了。可是，爸爸还没有找到……

"人类弱小，不讲信誉……真是令人失望……"

莫薇薇的耳边突然传来了一声长久、沉重的叹息，这是……

好奇怪，是烛龙在叹气吗？

紧接着一阵疾驰雷闪过，那是烛龙的雷电法术。

就在那道法术击中莫薇薇的腹部时，她感知到了死亡，是从来没有过的真实的感觉。她还以为她是在壁画世界里叱咤风云的女侠，没想到今日就要命丧于此⋯⋯

难道她真的要死在这里了吗？

令人恐惧的寒意似乎从身体里消失了，有温暖的感觉围绕在身体四周。

找回意识的莫薇薇睁开双眼就看到眼前用木头架梁的屋顶。

这里是……天国？怎么天国长得那么像他们住的客栈？

"薇薇，你醒了！"加灵和文文凑了过来。

莫薇薇大惊，顿然起身："啊？你们两个也死了吗？"

加灵大怒："死什么死！乌鸦嘴！你被烛龙打伤之后，那烛龙突然一脸丧气地消失了。当时我和文文也有伤，只能先把你送回客栈，再想办法。"

原来是这样……等等！一脸丧气的烛龙？那是什么样子？莫薇薇突然有点好奇。

不对，她的关注点有点偏，她不是死了吗？被烛龙的法术打中后还能活？凭她这柔弱的小学生体质？

"是这个东西救了你。"文文看穿了她的疑惑，把一张纸递给了她。

莫薇薇接过那张纸，这一看，愣了好一会儿她才想明白。

这是清凉山客栈老板送给她的敦煌图纸！

当时她和加灵正赶往北莲国，还没碰到文文，这敦煌图纸就没放进乾坤袋里，而被她小心翼翼地藏在了衣服内侧的大口袋里。

啊，对了，龙小五送她去北莲国的时候，给敦煌图纸施了法术，还一脸臭美地跟她说："这纸有了我的法力加持后，水火不侵，风雷不袭。"

所以是因为这张纸被龙小五施了法力，才替她抵挡住了烛龙的攻击？

哇，好厉害！她这是被龙小五救了啊！

"看来这张图纸还能当护身符，你就随身带着吧。"文文道。

"那我们现在怎么办？我们完全打不过烛龙啊！"莫薇薇感到很焦虑。

"如果硬拼实力，肯定行不通，只能跟他讲道理。"文文双手插进了袖口，沉思起来。

"你看他那副暴跳如雷的样子，能听得进去道理？"加灵不信。

莫薇薇仔细回忆了刚刚发生的一切，道："你说他跟莲花太子之间到底有什么过节呢？他说他在章尾山等了莲花太子几百

年，他等莲花太子干吗？"

"哈哈，我知道了！一定是俩人在山顶约架，结果莲花太子睡过头，给忘了，就没去。烛龙见文文是文鳐歌女的儿子，文鳐歌女又是莲花太子那头的，就把文文当成莲花太子的同党了，然后就发火了呗！"加灵猜测道。

莫薇薇和文文竟然觉得加灵的猜测八九不离十。

"虽然加灵的猜测很有道理，但是，我想我们还是必须了解这件事的前因后果，不然连再次跟他搭话的机会都没有。"莫薇薇道。

"可是我们要怎么了解这件事啊？"加灵问道。

"再仔细翻翻《离城编年史》吧，说不定里面就有答案！"莫薇薇提议。

文文随即翻看史书，但看了许久也没发现任何蛛丝马迹。这书虽说是历史书，但对很多事情都是一笔带过，从中根本了解不到他们要的细节。

"那要不我们去问问离城的人？"加灵提议。

"我们要了解的可是五百年前发生的事情，这里的普通百姓怎么会知道？即便是被老百姓当成故事一代代流传，恐怕也会失真。"文文说。

"是哦，这么久远的事，大概只有当时的人才知道吧。"莫薇薇灰心丧气，又猛地振作，说道，"啊！我们可以回到那时候去啊！"

"回到那时候？"文文也反应过来，"对！我们可以去藏书阁找赤松子，借他的法镜回到过去，亲眼看看他们之间到底发生了什么事！"

"好！"

三人商量好之后，半刻都等不及，立刻去了藏书阁。

正好赶上了傍晚书院关门，他们偷偷溜了进去，轻车熟路地到了藏书阁。

刚一踏入，赤松子就有所感应，在空中询问他们："几个小鬼，又有何事？"

莫薇薇赶忙把他们的情况跟赤松子说了，还说道："你不是说有困难可以再来找你的吗？超级厉害的神仙，你一定能帮到我们的！"

赤松子被莫薇薇拍了马屁，竟然有些不知所措。他咳嗽一声，现身在他们面前，板着脸，凶他们："胡闹！烛龙乃上古天神，你们居然妄想与他一战，简直是以卵击石！"

"哎呀，我们也被烛龙训过同样的话啦，可现在我们不是好好的吗？超级厉害的神仙，快把镜子借给我们吧！"莫薇薇继续哄他。

赤松子还是冷着脸："哼，吾既然已经答应你们，有困难时会帮忙，自然不会反悔。不过，为避免扰乱历史，这次你们就以灵体的形式回去吧。在镜子里的世界中，别人是看不到你们的，你们也只可看，不可说话，更不可随意改变他人意愿，否则，历史变化，时空混乱，到时候谁都承担不了如此大责！"

"我们明白！"三个人异口同声答应。

"那就闲话少说，即刻动身吧！"

说完，赤松子便催动法镜，三个人瞬间发觉身体轻飘飘的，紧接着，眼前一阵眩晕，他们从镜子里穿越到过去了！

经过熟悉的时空隧道，刺眼的强光晃得他们闭上了眼睛。再睁开眼睛时，他们已经来到了夜幕下的一片深山老林里，这里就是五百年前的世界了。

突然从身后传来一声野兽的嘶吼，三个人一回头，就见一匹狼张着大口向他们扑了过来。

"啊！"莫薇薇吓了一跳，但是那匹狼从他们身体里穿了过去。

对了，他们现在是灵体形态，而且，似乎只有他们三个人能感觉到彼此的存在。

身后突然传来一声惨叫，那匹狼穿过他们，扑倒了他们身后的一个人。

"人类好可怜！"莫薇薇揪心万分，但他们只能做旁观者。

三个人往前飘去，一路上多是被兽族追赶，或无力反击，或拼命反抗的人类，哀鸿遍野。

"莲花太子在哪里？他不是要让人类和兽族和平相处吗？这里都这样了，他人呢？"加灵义愤填膺地大叫。

"既然是太子，我们可以去王宫看看！"莫薇薇提议。

他们向空中飞去，正巧看见不远处有一匹长着翅膀的白马向这边飞驰而来。待它越来越近，三个人便看见白马背上有一位年轻的公子，一身白衣似谪仙般，潇洒清逸。

莫薇薇想起皮皮曾说过，天马族载着莲花太子夜半出逃的事，难道他就是莲花太子？

"我们快跟上他！"

他们一直跟在莲花太子后面，看到他不停奔波，往来于各地，与不同种族的兽族见面，进行会谈。

刚开始只有他和那匹天马做伴，后来越来越多的兽族加入，还将他引荐给了其他兽族。

莲花太子与越来越多的兽族建立了友好关系。

渐渐地，始州国国内派系划分变得明确，不喜欢与人类争斗的兽族和人类一同站到了莲花太子那边，另一派则是依然好战的兽族。

可莲花太子游历四方，遍访名士，仍未找到能让那些好战的兽族放弃争斗的办法。

莫薇薇他们跟着莲花太子东奔西走，四处游历的莲花太子终于来到了章尾山。

当他来到山顶时，就发现山顶的绝色犹如人间仙境，顶上的莲花树更是令人叹为观止。

莫薇薇等人也跟着到了山顶，之后，他们就见到了这一幕。

莲花太子站在莲花树下，感慨莲花树之美，只是遗憾树上莲花未开。

而此时，树的背面有一个人身蛇尾的俊秀男子正倚靠着莲花树，他仰头喝下了一壶酒，又闭上眼睛假寐。

"他是谁啊？"莫薇薇凑近观察。

"人身蛇尾……他应该是五百年前的烛龙，那会儿他还是一条蛇吧。"文文猜测。

"啊？"莫薇薇和加灵大惊。

"嘘！"文文提醒她们，"小声点，虽然我们现在是灵体形态，但很有可能被别人听到声音。"

"哦……可是，烛龙不是一条巨大的红色的龙吗？"莫薇薇小声问他。

"我也不清楚，慢慢看吧。"

就在这时，风吹动了莲花树，响起了阵阵沙沙声。

蛇尾男子猛地睁眼，就见树上的花苞一朵一朵地开始绽放，不多时就开出满树繁花，最高处的一朵花中还出现了一支笛子。

那是一支木制短笛，颜色是与树干相同的棕褐色，笛身雕刻着一朵朵盛开的莲花，小巧精致，正是莲花笛。

蛇尾男子愣住了，没想到山顶这棵莲花树终于开花了，花中还生出了宝物！等等……有人类的气息！

他警惕起来，再一看，树的另一边正站着一个白衣男子，男子足下生莲，衣袖一挥，竟使树上其他未开的莲花也都渐渐绽放。

是这个人让莲花树开花的？

可这个人分明是人类，怎么会有如此神力？这个人不仅可以行走间足下生出莲花，还能让这棵千万年来都不曾开花的莲花树绽放，甚至花中还有一支连他都不知晓的笛子。

他在这儿住了许久都没做到的事情，区区一个人竟然做到了，这怎么可能？

莲花太子轻轻一跃，从树上取下莲花笛，然后吹奏起来。笛声悠扬，宛如溪水叮咚，令人心旷神怡，山间飞翔的鸟雀都为之停留，山中溪水间的游鱼也痴迷地浮出了水面。

听笛声伴着长风，闭上眼睛，就仿佛乘着一叶扁舟，漂荡在碧海之上，惬意闲适。

"这首曲子是《敦煌曲》啊！没想到莲花太子也会！"加灵

小声惊叹。

"这笛声回荡在安静的山顶上，感觉更动听了！"莫薇薇赞叹道。

"嗯，莲花笛的音色实乃上乘。"连文文也禁不住感慨。

一曲终了，烛龙从树后走出来，此时的他已经收起了蛇尾，变成了翩翩公子的人类模样。他面无表情地问莲花太子："此为何曲？"

莲花太子一惊，他没想到树后有人，忙道："是否惊扰到你了？抱歉。"

"哼，我问你话呢！"烛龙皱皱眉。

"我见章尾山竟有如此神奇之物长在花朵里，就随手拿来吹奏，随便吹吹罢了。"

"你的意思是，即兴创作？"烛龙惊讶，即兴创作出来的曲子竟然这么好听？

"正是。"

这人怎么这么臭美？比他还能吹牛！

"难道这笛子是你的？那便物归原主。"莲花太子双手把笛子递了过去。

烛龙看了笛子一眼，撇过头："你发现的，归你了。"

莲花太子没有拒绝，他看了看手中的莲花笛，感慨道："不

知为何，刚刚心里因为一些烦心事很是焦躁，用这笛子吹了一曲后，心境竟平和下来了。"

烛龙没说话。

"你是来这里游山玩水的？"莲花太子又问道。

烛龙一听这话，心里生气，甩甩袖子，往山顶边缘走去，走得七扭八歪的。人类的双足真是难用至极！他们到底是如何平稳地行走的？烛龙心里冒火。

莲花太子见此人行走的样子极其怪异，却没多问，跟着他走到山顶边缘。

烛龙坐在山边，把那双难用的脚盘了起来，他看着山间嬉闹着飞过的鸟，道："我住这儿，这里都归我管，才不是来游玩的！"

"你是这里的山神？"莲花太子惊讶，难道此人来自天宫？是天官？

"神？"烛龙挑眉，"我还没当成呢！天上的老头儿让我完成他派的任务，之后才肯给我封神！"

"看你的样子，好像很不情愿？"

"麻烦得很！虽然说当神是挺威风的，但是他那任务又不是一年半载能完成的！那么麻烦的事情，想想就烦死了！我每天在这山上睡睡觉，听听曲儿，日子岂不妙哉？"烛龙在炫耀他的悠闲生活。

"这山间哪来的曲儿？"莲花太子反问。

"哼，山间溪水潺潺、鸟儿啼叫、风儿拂叶，这不都是曲儿？"

莲花太子一愣，转而一笑："倒也是。"

"我看你倒有些乐曲上的天赋，不如就留在山上每天给我吹笛子，到时少不了你的好处！"烛龙霸道起来了。

莲花太子坐在他的身旁，刚刚上山时的那份郁结又被勾了上来："这山上悠闲的日子虽好，但我身负大任，不可贪恋。"

"什么大任？"烛龙好奇。

这时，莲花太子看着他突然问："你不是人类吧？"

烛龙一惊："你怎么知道的？"

"你那行走的样子过分诡异。"

"……要你管！"

"你若不是人类，天生具备比人类强上许多的力气，何不利用这天生的力气去创造一番事业？"莲花太子继续道，"我们人类虽然天生弱小，但胜在团结且具有智慧。我相信总有一天，我能为人类建造一个理想的王国。"

烛龙半天没说话，过了一会儿才问："那我该接受天上的老头儿派给我的任务？"

"既天生为强者，何不有所成就？"

烛龙想了半天，终于站起身来，他看着脚下的这片土地道：

"好！当神确实威风，那我就接了老头儿的任务！"

莲花太子看着眼前意气风发的男子，笑了笑。

"我叫烛龙，你叫什么？"烛龙指着他问。

"这……大家都唤我莲花太子。"

"好！莲花太子，从此以后你就是我的朋友了！老头儿答应我了，待我事成之后，会亲临章尾山为我举办封神仪式，到时你必须来参加，看我封神！"烛龙一脸自信。

莲花太子没想到会被烛龙邀请参加他的封神仪式，愣了愣，点了点头："好。"

"到时候，你便带着这支音色极妙的笛子，在我封神之时为我吹响！"

"我们那儿有一种很好喝的酒，到时一并带上山给你。"莲花太子道。

"真的吗？那一言为定了！"烛龙突然笑了。

莲花太子虽然不知道眼前化成人形的男子是兽族里的哪一派，但至少今天的他依旧在为建立人与兽之间的和平关系而努力，而且还有了不小的成果呢。

"你的任务完成后，不知何时会在山上举办封神仪式？"莲花太子又问。

"那老头儿忙得很，等我完成任务，再等他有空举办仪式的话，最起码要一百年了！"烛龙一脸嫌弃。

此时的烛龙并没有注意到莲花太子脸上的疑虑和失落，他只听见莲花太子轻轻地叹息一声，道："一百年后啊……"

那时候，身为人类的他，应该早已化为枯骨了吧。

"那就这么说定啦！我等你啊！"烛龙不放心，又跟他念叨了一句。

莲花太子只是笑了笑："好。"

原来这就是莲花太子和烛龙之间的章尾山约定，难怪莲花太子没有赴约。

"没想到，烛龙和莲花太子竟是朋友……"莫薇薇一阵感慨。

"看来他们不是约在山顶打架，而是约好参加封神仪式啊！"加灵又道，"也就是说烛龙在五百年前还是条小蛇，后来被封为天神，成功化为巨龙了？"

"嗯，没错，应该是因为莲花太子没能赴约，所以烛龙才一直在山上等他吧，这封神仪式恐怕都过去四百年了。"文文叹了口气。

哇，四百年过去了，烛龙还在等莲花太子吗？

"好啦！既然我们知道他俩章尾山的约定了，赤松子该把我们送回去了吧？"加灵问道。

话正说着，眼前的景色突然就变了，如仙境般的章尾山消失了，取而代之的是一座宫殿。

"我们这是又到了哪里？王宫？"加灵向四处看了看。

"我们不是都已经知道莲花太子和烛龙的约定了吗？怎么还

没回去啊？"莫薇薇看了看四周，也觉得好奇。

"难道他们之间还有别的故事？"文文猜测，"可能要了解完所有的真相后才能回去。"

三个人正讨论着，突然听到宫殿外传来了声音。

哐哐的声音传来，是衣服上的金属片撞击发出的声音，再一看，一个身着盔甲的彪形大汉急匆匆地穿过他们，进了殿内。

看上去是一个很厉害的将军。

三个人跟了进去。

殿内聚集了许多人，气氛凝重，坐在最上首的人是莲花太子，他们似乎正在商议什么大事。

"擒贼先擒王，臣认为，可以从他们的首领入手！"刚进门的那个大汉说道。

"这兽族内部又细分为那么多的种族，谁知道他们的首领是哪个！"另外一个军官打扮的人反驳道。

其他的军官也跟着纷纷讨论起来。

"他们这是在商量什么？"加灵在后面问。

"啊，难不成人类和兽族要打架了？这是……大战前的会议？"莫薇薇猜测道。

"很有可能，我们继续听下去吧。"文文道。

"兽族有千万，不知是否会有一个首领统领全体兽族，如果有，想必会是一个不好解决的凶兽。此计虽好，但也万般凶险。"莲花太子面露担忧。

"臣认为，黑熊族中有食铁兽一支，他们乃旷古第一神兽，或是兽族之长。"一个官员说道。

另一个官员表示反对："食铁兽虽被称为第一神兽，但其在涿鹿之战中，作为蚩尤的坐骑大败，想来兽族不会将重任交于败将手上！依微臣看，也许是虎。百兽之王，异常威武！"

"可史书曾记载，虎豹之族，见狮便闻风丧胆，微臣认为，狮更有可能担任首领！"

"若是这么说的话，连狮和虎遇到都退避三舍的野牛族，岂不是更有可能？"

官员们七嘴八舌地争论着，他们本就处于弱势，现在更是连对方的首领是谁都不知道。这场避免不了的人兽大战，对于他们来说几乎没有胜算。

"对刚才提到的所有族群，我们都要有所了解，知己知彼，有备无患！"莲花太子说道。

"那兽族中有不少怀有神通之力的异兽，咱们单凭刀枪剑戟，只怕抵挡不住啊！"军官们心怀顾虑。

"嗯，单凭力量，我们自是不如兽族，不过我们可以借助机关术。"莲花太子道。

"太子说的可是失传已久的墨家机关术？"

"不错，我前不久找到了墨家机关术传人，他们已经开始铸造机关器械了。"

众官员一听这话，凝重的表情终于舒展了一些，慌乱的心也安定了不少。

眼前的画面又消失了，转而竟然到了大战当天，莲花太子正站在城墙上俯视着山下。

莫薇薇他们听到从城外的山谷传来猛兽群疾走而来的声音，那声音由远及近、撼天动地，气势浩荡得仿佛片刻间就能碾压半座城，而此时城外忽然飘起了鹅毛大雪。

"啊，怎么突然下雪了？这下仗更不好打了！"加灵十分担心。

"恐怕不止如此。"文文皱皱眉。

莫薇薇没想明白文文的话，就见一个小兵跑到城墙上，对莲花太子道："太子，大雪封路，我们的机关器械恐怕不能按时到达战场了！"

莲花太子眉头一皱，这会儿，又见有人来报："报！启禀太子，兽族军队已经快到城门口了！"

机关器械暂时到不了战场，便只能用传统兵器抵御了！

莲花太子下令："弓箭手准备！把兽族拦在城外！"

这座城是他为人类新建立的居所，不能让兽族毁坏半寸。

大战即刻展开，莲花太子不肯待在城墙上，决定带着莲花笛亲临战场。

他冲出城外，看着浩浩荡荡来袭的兽族队伍，却突然愣在了那里。让他万万没想到的是，走在兽族前头，看起来似乎是他们首领的那个人，竟然是那日在章尾山上认识的男子。

是烛龙！

此时的烛龙是人身蛇尾的样子，他桀骜不驯地走在最前端，在看到莲花太子的那一刹那，心中也是一惊。

"啊！原来烛龙就是那场大战的兽族首领啊！"加灵惊呼道。

"明明前些日子还是朋友，再见面竟然成了死敌。"文文语气一沉。

"那……他们还会打仗吗？"莫薇薇心里有点难受。

"始州国的战争历史有几十年，人类和兽族的战争早就一触即发，到了这会儿，谁也没有理由停下了。"文文很冷静地分析着。

"那……那是烛龙！"军官里竟然有人将他认了出来，"据说他是天地初开时诞生的异兽，做了天官！没想到兽族的首领竟然是他！"

　　"这可如何是好啊？和烛龙打，怎么可能打得过！"人类军队里有人慌乱了起来。

　　"没想到，你说的'身负大任'，竟是带领弱小的人类与我兽族一战？"烛龙在战场的另一边先开了口。

　　莲花太子心中震撼，却很快冷静下来："没想到你所说的天帝派给你的任务，竟是歼灭人类？"

　　烛龙本以为莲花太子是自己的知己好友，却没想到这个人竟带领人类与他为敌，他本可以在章尾山悠哉度过余生，却因为这个人的话接受了天帝的任务。他堂堂一个天官竟被一个人类摆布了命运，可笑！

　　想到这里，烛龙心中顿时生出一口恶气，瞪着一双通红的眼对他道："废话少说！既然你我都有各自的目标，那就开战吧！"

　　莲花太子心中悔恨不已，谁能想到那日他鼓励烛龙接下任务，却让自己成了这场人兽之战的导火索！

知识注解

> **食铁兽**：指大熊猫。
>
> **涿鹿之战**：传说中黄帝部族联合炎帝部族，与蚩尤所进行的一场大战。战争的目的是争夺适于牧放和浅耕的中原地带。
>
> **墨家机关术**：墨家的创始人墨子擅长制作工艺，他会利用杠杆原理制作桔槔，还制造了辘轳、滑车等，用于生产和军事。他在军事技术方面的造诣高于其他诸子，堪称博学多才。根据《墨子》中的机关术记载，墨家发明的武器有连弩车、轻射机，等等。

第45集

人兽战争（二）

"烛龙，我答应过始州国的人，要为他们创建一个理想王国，我是不会退让的！"莲花太子毫不退让。

"好！"烛龙竟然露出笑容，"比起其他胆小懦弱的人，你的确值得钦佩！那就来吧！"

大战终于来临了！

莲花太子的手一挥，大量箭矢从城墙处飞了出去，直直射向兽群，但那些箭矢大多扑了空，大量猛兽从箭下逃脱，纵身一跃，攀上了城墙。

士兵们用盾牌排成一道屏障，但猛兽接二连三地攻了上来，一起朝着盾牌扑去，一下就将士兵压垮了。

一头猛虎朝着莲花太子扑来，莲花太子长剑一挥，却未砍到猛虎要害。

老虎冲着莲花太子大吼一声，一跃而起，咬住了莲花太子握剑的右手，让他无法挣脱。

就在这时，不计其数的箭矢咻咻落下，精准地扎在老虎身上，莲花太子这才获救。

原来是耽搁在路上的机关器械到了！

墨家机关术传人乘着侦察木鸢飞到了城墙上空，而转射机队伍也来到了城楼下，这密集的箭矢只有转射机才能发出。

有了墨家机关术，人族慢慢占据了上风，侦察木鸢能提供准确的方位，保证箭无虚发、百发百中。

眼看着兽族节节败退，烛龙飞身来到阵前，箭雨无情地往他身上飞去。

烛龙怒视着莲花太子，突然大喝一声，长尾一甩，就将箭矢尽数卷起，甩飞出去。

墨家传人又推上来几辆霹雳车，烧得火红的铁球在霹雳车上的投射器装置里等待发射。

"这么大的铁球，人类哪有那么大力气把它射出去啊？"加灵非常疑惑。

"可以的！只要用杠杆原理就行！"莫薇薇很兴奋。

"杠杆原理？那是什么？"加灵更不懂了。

"你看车的底座和架在上面的棍子之间的接触点，那里是支点，棍子就相当于一个杠杆。杠杆的一端放着火球，士兵们只要在另一端拉下绳子，就能把对面的大火球弹射出去，就像……跷跷板一样！"莫薇薇解释道。

"原来是这样，人类真的发明了很多好玩的东西。"连文文都忍不住夸赞，他又问，"可是士兵能拉动绳子吗？"

"一个士兵也许拉不动，可是很多人一起拉就一定可以！"莫薇薇道。

她话音刚落，就见霹雳车处来了很多士兵一起拉住绳子，众人齐心协力，等待着莲花太子下令发射。

而此时，莲花太子看着烛龙，发出指令的手停在半空，顿了一会儿，然后心一横，示意发射。

士兵们一起用力，巨大的火球果然被弹射出去，直直飞向了兽群！

烛龙张开结界将火球挡在外面，然后开始蓄力。

不好！如果火球被结界反弹回来，那人类会大面积受伤的！

莲花太子预感到了不妙，当下便拿出了一支笛子。

这支笛子他本不愿意使用，因为这是烛龙赠予他的，可如果这笛子能平息怒意，那它就是带来和平的笛子，对人类有十分重大的意义！

想到这里，他没有犹豫，当下吹起莲花笛。

笛声响起，声音婉转，传遍兽群，那些兽族顿时觉得战意消退，就连烛龙都觉得怒气正在渐渐消散，争斗的意念也被削

弱了许多。

什么？那笛子竟有如此功效！烛龙反应过来，那是莲花笛！

烛龙觉得浑身乏力，张开的结界也跟着脆弱了许多。火球轰然飞过，结界被火球冲破，烛龙替兽族挡住了火球，自己却被火球重重地撞击，飞出去好远，几乎昏迷。

莲花太子竟然用他赠予的笛子伤他！

烛龙借着残存的意识示意兽群撤退。可恶，他心里一阵混乱，不知是该服气还是该愤怒。

人类从没想过，打了几十年的大战，却在今天取得了一次胜利。

"烛龙受伤了，人类赢了？"加灵问道。

这时，莫薇薇很严肃地问加灵和文文一个问题："加灵、文文，你们看到兽族被打败心里会不舒服吗？你们也算兽族啊……"

加灵皱皱眉，思考了一会儿道："嗯……怎么说呢，被人类欺负成这样确实有点没面子，可这是始州国的历史啊！"

"我跟随着师父去过很多地方，见过很多人类与兽族交好的村子，师父也对我说过，生而为人也好，生而为兽也罢，只要一心向善，便可与之交好。"文文看着莫薇薇，笑了笑。

莫薇薇心里舒服多了。这时，三个人还没从大战中缓过神来，时空一转，眼前的景象又变成了章尾山，而莲花太子的身影再次出现在他们面前。

"怎么回事？我们又到章尾山了？"莫薇薇不解地问。

"看来那场大战结束后，他们还见过面。"文文分析道。

"可他俩不是成了敌人吗？"加灵挠头，这俩人的关系简直令人费解。

"我们接着看吧。"文文道。

莲花太子走近那棵巨大的莲花树，他在树后看到了一条蛇的尾巴，他刚往前走了一步，树后突然伸出一只巨爪，直直冲向他的脸，爪子离他的鼻尖不到一厘米时才停下，莲花太子竟然就站在那里，半寸未动。

烛龙从树后走出来，收回爪子，十分愤怒："为何不躲？"

莲花太子反问："为何不杀？"

"哼，假惺惺地过来做甚？既然我输了，便不会再去找你们人类的麻烦！"

"我不知你是兽族之王，若早知如此，定然不会劝说你去攻打人类。"莲花太子道，"不过，我不信天帝会派给你歼灭始州国人类的任务。"

"哼，天上的老头儿说了，让我对始州国连同章尾山加以管制，若治理妥善便可封我为神。这几年始州国最大的忧患，便是人类与兽族的斗争！"烛龙很气愤地说道。

莲花太子一惊："所以，你才发动战争，镇压人类？"

"废话，不然呢？"

莲花太子摇头叹气："那日你见没见到那些会动的木头？"

"哼！你们人类居然能让木头自己动起来，真是奇了怪了！"

"那是我们人类的一支派系发明的技术，有了这些技术，即使人类柔弱无力也能搬起巨石，抵御外敌。若你喜欢，我可以将这门技术传给你。"

烛龙大怒："我这么厉害，不需要你们人类的破玩意儿！"

"可你喜欢喝的酒也是人类发明的。"

"呃……"烛龙被他的话噎住了。

"第一次见你，我就在树旁发现了一个空了的酒壶。"

烛龙又恼又气，难怪那日，这人哄他说要带酒参加他的封神仪式，这人简直心细如发得令人讨厌！

"懒惰嗜酒，喜好乐曲和清欢，倒是有趣的兽类。"莲花太子笑了笑。

"闭嘴！本天官岂是你一朝能看穿的！"烛龙更气了。

"好了，我今日前来便是来治疗你的伤口的。"莲花太子表明了来意，然后取出莲花笛又道，"五音疗法针对脏腑，可以让伤势愈合得快些。"

烛龙气得大笑："哈哈，我赠你笛，却被你用笛暗算，如今

你又要用此笛来医治我，怎会如此荒唐可笑！我还要提醒你，这里只有我们二人，若治好了我，你便会死！"

莲花太子微微一笑，拿起笛子吹了起来。

"喂！你……我何时答应要你治疗了？"烛龙慌张地捂住了耳朵，这人真是自说自话，他明明还没答应呢！令人烦躁！

一曲终了，烛龙明显感觉身上的伤势好了不少，但他还是非常气愤。

"没想到此笛竟有如此神奇的功效，能平息战意，还能治愈伤口，这五音疗法也是我刚发现的。"莲花太子看着手里的笛子道。

烛龙不以为然，还很气愤："我都说了，若治好了我，我便会杀你，你为何还要治？你就如此不惜命吗？"

"若只有杀了我，才能平息你的怒气，那请便吧。"

"你不是要为人类创建理想王国吗？你就没想过，若是死了，你的大业怎么办？你的理想王国怎么办？"

莲花太子一笑："我也不过是众多人类中的一人，没了我，也会有后来人。"

烛龙听完冷笑，人类如此弱小，光凭一人又能成什么事呢？

"和平是人类的向往，即使我死去，也会有第二个人站出来，所以无所谓谁人铸就、谁人管理，是我不是我，与我无异。"莲花太子接着说道。

烛龙皱眉，人类真是一个复杂的种族！明明弱小得像蝼蚁一样，却不惧怕死亡！明明没半点神通，却能造出古怪器械将他打败！又明明他们是敌对关系，却不惜冒着生命危险也要为他治伤！

人类……真是想到就头疼啊！

"罢了，什么管理始州国，麻烦死了！这神我不当了，让天上的老头儿再找个官儿下来管吧！"烛龙往树下一躺，懒散地说，"做个普通天官也没什么不好！"

"天帝让你管理始州国，并非让你歼灭人类，我有一个建议，既能保护人类，又能让你解决始州国内乱，完成任务，成功封神。如何？要不要听？"

烛龙心里一百个不愿意，他堂堂天官竟然又要被人类摆布？不过万一是良策，他就省得自己想办法了。

"你说！"

莲花太子松了一口气，笑道："从今日起，以我为人类建立的城为中心，方圆五百里以内都作为人类居住的国境。而始州国迁移到南边，作为兽族居住的国境。虽是划清国界，但两族休战，并签订友好协议，可通商，可交流。"

烛龙犹豫了一会儿。

莲花太子又道:"刚刚跟你提到的,那会动的木头的发明技术,也可以传给你们兽族。"

"你确定天上的老头儿会觉得我这样算完成任务?算是管好始州国了?"烛龙还是不信。

"人类再无忧患,兽族也有了先进的技术,岂不是皆大欢喜?"

"哼,那就试试吧!"

"你既然答应了我,那从今以后便不可再伤害人类,同样的,我也会下令让人类不再去捕猎兽族。"

"好,一言为定!那我的封神仪式你还要来,给我吹笛子!记得带上酒!"烛龙还没忘记这事儿呢!

莲花太子沉思了片刻,露出一个笑容:"好,君子一诺,生当不负。"

"好!"烛龙终于开心地笑了,又变回了那个意气风发的少年。

后来,协议签订,北莲国建立,始州国国界南移,人兽争斗终于平息了下来。

日子一天天过去,莲花太子逐渐年迈,北莲国和始州国的分界最终定型,北莲国成了人类居住的国家,而始州国里也只有兽族居住。

转眼百年，烛龙封神仪式那天，他从一条蛇变成了威风凛凛的巨龙天神。

　　风起时，卷起万里层云，一树繁花下，却只有他一个人。

　　那个曾约定要在仪式当日一起饮酒、为他奏乐的人，却一直没有出现。

第47集
百年之约（一）

眼前的章尾山消失了，紧接着，一道蓝色旋涡状的隧道随之而来，是赤松子把他们传送回去了。

瞬间，莫薇薇一行人就回到了藏书阁。

"好了，烛龙和莲花太子的前尘往事你们既已了解了，便赶紧离开吧，休再扰吾清修！"赤松子呵斥道。

三个人向赤松子道谢之后，就赶紧离开了书院。

"没想到烛龙和莲花太子间竟有这样的故事啊！"加灵站在书院门口感慨。

"当时看《离城编年史》时，书上倒是没有记载得如此详细。"文文回忆了一遍历史书的细节。

"亲眼见到的历史肯定要比书上的要详细得多呢。那接下来，我们再去一趟章尾山找烛龙吧？"莫薇薇问道。

"再去找他，免不了还是要恶战一番，他恐怕不会听我们讲话。"文文皱了皱眉。

莫薇薇也对这件事感到头疼，如果那急性子烛龙二话不说，先使出绝招打他们，那可怎么办？

　　"我看除了把莲花太子请过去以外，没有别的办法可以让烛龙先冷静了。"加灵道。

　　文文叹气："你怎么会这么想？莲花太子失约了四百年，烛龙再见到他时只会更加生气。"

　　"那你说怎么办？我们又打不过他！"加灵一脸急躁。

　　莲花太子……嗯，这个思路对！

　　有了！

　　"我知道了！虽然这个办法有一点点冒险，但我们也只能冒险试试了！"莫薇薇想到了一个主意。

　　"怎么办？"俩人同时问。

　　"莲花太子没有完成的约定，就让我们替他完成吧！"

　　俩人一愣。

　　三个人到了曾经给熊大买过粟酒的那家酒肆，老板一见又是他们三个，立马就要关门。

　　"老板，我们只是想再买坛酒而已，你的秘密我们没有告诉任何人！"莫薇薇赶紧道。

　　"真的？"老板挑眉，一脸不信。

"真的！我们买完酒立刻就走！"

"小孩子不能喝酒！说了多少遍了！"老板吼他们。

"放心吧，我们是给一位老人喝的。"文文道。

嗯，没错，烛龙至少五百多岁了吧。

"唉，好好，拿走吧！"老板不想跟他们过多地纠缠，想赶紧把这单生意做完。

"你怎么就确定当时莲花太子说的是要带着粟酒参加封神仪式呢？万一是别的酒呢？"买完酒后三个人走到城门口，文文问道。

莫薇薇捧着手里的酒，摇了摇头："其实是什么酒并不重要啊，这酒不过是我们替莲花太子赴约的信物而已。而且，我觉得烛龙也并不是真的想喝酒，他只是希望在自己封神、最风光的时候，好朋友能来为他庆祝。"

加灵和文文看着莫薇薇笑了笑，点点头。

莫薇薇现在只希望烛龙看见酒的时候，不要突然暴怒！

"那我们再坐莲花船渡海吧。"莫薇薇又道。

"不用啦！"加灵一脸骄傲地翻出一小块歇龙石，说道："你受伤后，我趁着烛龙离开的那会儿，用歇龙石在章尾山做好时空装置啦！我们直接传送过去吧！"

"哇！加灵，你想得可真周到！"莫薇薇开始崇拜起这只傻鸟了。

文文又叹了口气："她那是不达目的誓不罢休，反正早晚都要再去一次章尾山的。"

加灵不满："你老拆我台干吗？那么重要的笛子，还是你妈妈的遗物，不管遇到什么事情，我们都不能放弃！"

文文愣了愣，看着加灵点点头："好。"

三个人找到歇龙石，正要触摸，文文小声对加灵说了一句:"加灵，谢谢你。"

加灵不解："什么情况？"

莫薇薇也没理解这句"谢谢"，这突如其来的感谢是为什么呀？文文不是一直觉得加灵很不靠谱的嘛！

文文却没解释，摇摇头道："没事。"

说完，他第一个触摸歇龙石，率先传送了过去。

文文想到，他们这一路走来，遇到了很多困难，这只傻鸟是最不怕艰险、一直带着他们无畏前行的人。如果前方艰难，那就鼓起勇气再闯荡一次吧！

三个人触摸发光的歇龙石，转眼间就回到了章尾山的山顶。

和上次不同的是，他们刚到了山顶，还未碰到莲花树，天地间便轰然一动。

来了，是烛龙！

烛龙的声音从天空传来，很快他便怒气冲冲地从天边飞来，浮在空中俯视他们，大怒："人类小孩！吾上次已经手下留情，只用了一成功力，没想到你竟然还敢前来！"

"你先别生气！"莫薇薇赶紧拿出刚才买的粟酒，冲着烛龙大喊，"你看，这就是莲花太子说的很好喝的酒！"

果然，烛龙霎时间顿住，停止了暴怒。他看着那坛酒愣了神，但很快又扬起下巴说："他为何不自己送来？"

"你也知道，莲花太子是人类，其实……人类的寿命是很短暂的！"莫薇薇鼓起勇气说了出来。

烛龙看着她，沉默了很久。很久之后，莫薇薇才听到他沉重的声音："你是说，那人已经……不在了？"

莫薇薇点头："一百年对你来说，可能就像一眨眼那么短，但那是莲花太子的一生！"

烛龙脸上闪过一丝震惊，很快他就冷冷地说："胡说八道！吾问了他两次，他可是都承诺了的。若人类寿命真短暂到熬不过百年，他为何当初不直接告知于吾？"

"他是怕你失望，所以才没告诉你啊！"莫薇薇说道，"封神对你来说是大事啊，他怎么忍心扫你的兴！"

"……"

烛龙又是一阵沉默，然后突然大吼道："这些事情，你又是怎么知道的？"

"我们是通过一个很厉害的仙人的法镜，回到过去看到这一切的！"莫薇薇道，"其实，我是莲花太子的朋友的……后代的后代的后代，很多辈的后代。我是来替他赴约的！"

烛龙停止了愤怒，稍作冷静，转而冷哼道："哼！你是不是觉得本神很好骗？"

"没……没有啊！"莫薇薇被吓到了。

"罢了。小子，吾问你，"烛龙突然将目光转到文文身上，"那支笛子为何会到你母亲手里？"

文文道："我是从地精族那里了解到那段历史的。因为母亲当年反对人兽之战，所以她站在了莲花太子那边，而母亲天生具有很好的乐感，能用笛子吹出动人的音乐，所以，莲花太子希望她可以物尽其用。"

"哼，说来说去，那人就是为了人类！"

原来烛龙心里还是很介意笛子被转送给了别人啊。也是，毕竟那是他们友情的见证物。

莫薇薇心里感慨。

"你的五音疗法从何学来？是那人的后人教给你的？"烛龙又问文文。

文文摇摇头："不是，是我师父教给我的，他是很厉害的医者，博闻强识，看过很多医书。"

"还有你，鸟族为何识得《敦煌曲》曲谱，这曲子是那人所创，你也是他的后人？"烛龙又看向加灵。

加灵眨眨眼："我是鸟啊！莲花太子是人啊！我怎么可能是他的后人?!"

莫薇薇赶忙拉了拉加灵的衣服，示意她态度好一点，好不容易烛龙肯好好听他们讲话了，别又激怒了他啊！

加灵立刻明白过来，咳嗽了一声，改了语气："这曲子是从我们家乡学来的，我小时候就听过很多曲子，而且听一遍就能记住旋律。这……几百年过去了，很多乐曲和医术都会慢慢外传，再由后人继承，慢慢地，很多人就学会了呀！"

莫薇薇紧接着说："我们人类也是，孩子们会从爸爸妈妈那里学到各种技术，就像莲花太子愿意把人类的机关术教给兽族一样。你看，正是因为大家都做着跟莲花太子一样的事情，所以这么好的曲子和医术才能流传几百年呢！莲花太子好厉害呀！"

"好了！"烛龙突然呵斥她，"别再说了，事情吾都已知晓。"

人类不仅弱小、自大、喜欢摆布他人命运，没想到寿命还如此之短。

唉……哼！可恶至极！

烛龙又重重地叹了口气，对着莫薇薇道："人类小孩，你有何诉求？"

太好了！烛龙肯听她的请求了！

莫薇薇刚要开口，却见空中的巨龙瞬间幻化。转眼间，一个年轻公子出现在他们面前，竟然和他们在法镜里见到的烛龙化为人类的样子一模一样！

化成人形的烛龙平视他们，脸上的表情却还很冷淡："说吧，趁本神现在还有空听你们废话。"

"他怎么突然变成人了？"加灵小声问文文。

文文也怕被烛龙听见，小声回："大概是想找回当年化成人形，与莲花太子交谈的回忆吧。"

"闭嘴！真当本神听不见？"烛龙看着他俩大怒。

俩人立刻不说话了。

莫薇薇把粟酒递给烛龙，一脸真诚："其实……我们是想找到第三世界，据说需要神奇的乐器才能开启第三世界的大门。"

"哼，第三世界不是一般人能去的。小孩，你一个普通人类，确定要去？"烛龙冷哼。

"你居然知道！"加灵大惊，"那你知道第三世界的具体位置吗？"

"吾也只是听天上的老头儿提过一句，具体不知。"

加灵大失所望。

"我是因为莲花笛是妈妈的遗物，想要收回来。"文文道。

烛龙没接话，反而又问："吾设下结界，又派旋龟镇守章尾山周围的海域，以防外人侵扰。你们三个小鬼，究竟是如何来到这里的？"

"我们坐的是莲花船，一下就过结界了，还有旋龟，它看到我们是坐着莲花船来的，就放我们过去了。"加灵摊手。

"莲花船？那是用莲花树制成的，莲花树只有吾的章尾山才有，你们如何能在章尾山之外得了吾这山上的东西？"

"地精族也有一棵莲花树，是族长给我们的！"莫薇薇说。

很多年前，烛龙见地精族族长来章尾山游玩，还捡走了一颗莲花树的种子。没想到那颗种子竟已长成了树，还做成了通往这里的船只。

因地精族保护莲花笛不受损有功，他便默许了族长带走种子。

"啊！族长是偶然在章尾山发现了莲花树种子才将其带回去的，他并不是贪图财宝！"莫薇薇忙解释。

烛龙皱眉："慌什么？此事吾知晓。"

呼，还好。

这时，烛龙沉默了片刻，低声自言自语："没想到你人都死了，却还在几百年后，让其他人上吾山，扰吾清静，真是烦人至极！"

这是……在骂莲花太子吧？

"小子，会吹《敦煌曲》吗？"烛龙突然问文文。

文文一愣，他的乐感虽然不如加灵，但这曲子他倒是记住了。他点了点头："可以试试。"

烛龙长袖一挥，一支木制短笛出现在空中，上面刻着朵朵莲花，因为笛身凝结了一层冰，更显得晶莹剔透。

这是……冰凌笛？不！是他们找了好久的莲花笛！原来烛龙一直随身带着。

"既然你们是来替他赴约的，那就吹一曲吧！"

莫薇薇不敢相信地睁大了眼睛，她看了看加灵，又看了看文文。

他们是不是成功了？

这时，烛龙背过身去，坐在山边，那还是他曾经和莲花太子并肩坐在一起的位置。

他一闭上眼，天空就黑了下来，满天繁星闪耀。

他打开了那壶粟酒，一个人郁闷地喝了起来，嘴里低声念叨了一句："哼！说什么'君子一诺，生当不负'，可恶至极！"

文文接过浮在空中的笛子，吹奏了《敦煌曲》，虽不及莲花太子，但入耳也是沁人心脾。

烛龙静静地听着，他的长发被风吹起，在空中飞舞，星空下，他的背影有些许寂寞。

等到曲终之时，三个人发现烛龙已经没了身影，只有一树繁花还在风中摇曳。

所以，莲花笛是给他们了？

在回去的时候，他们没选择传送回离城，而是慢慢从山上走了下来。

几百年的光阴似乎还在章尾山的土地上，让他们有迹可循。

"他是不是知道莲花太子已经去世了，所以躲起来偷偷哭了？"加灵边走边问。

莫薇薇摇头："我不知道神会不会哭，但他心里一定是很难过的。"

　　莲花太子已经去世了，不管怎么样都不能弥补烛龙心中的遗憾，但好在几百年后，有人替莲花太子赴了约。

　　莫薇薇想，这已经是最好的结局了吧！

第49集
奇怪的雷声

　　他们一直走到了章尾山的山脚，加灵又在这里做了一个时空装置，三个人一触摸，瞬间就回到了离城。

　　他们一边往客栈的方向走着，一边说着话。

　　"呼，还好，我们经历了那么多困难，终于拿到莲花笛了。"加灵道。

　　文文看着手里的笛子，问加灵："你不拿着吗？你不是要用它打开第三世界的大门吗？"

　　加灵摇头："我早就说过了，等到了目的地，你再把笛子借给我。这可是你妈妈的遗物，是你的东西。"

　　文文听到这话后，心里是开心的。他点点头："谢谢你。"

　　加灵吓了一跳，忙摆摆手："你可别！我还是比较习惯你毒舌的样子！"

　　莫薇薇没忍住，噗的一声笑了出来，紧接着三个人齐声笑了起来。

"好啦！我们接下来该去哪里呢？要不要再看看那张照片啊？"加灵问。

"上次为了了解离城，我们把有乐器信息的照片送给了皮皮。"文文道。

"啊，对啊！那张照片送给皮皮了，我要回家再去打印一张新的。"莫薇薇这才想起照片的事情。

哇！她可以回去了，终于可以见到妈妈了！

感觉这一次她离开家好久了，也不知道现实世界的时间过去了多久，妈妈肯定担心死了！不行，她有好多话想跟妈妈说，她得立刻回去！

莫薇薇本来觉得很累了，可是想到要回家，又像打了鸡血一样，振作了起来，这就准备回到清凉山。

"你要回清凉山啊？那好吧，你去拿新的照片，我和文文在客栈等你。"加灵道，"你触摸歇龙石的时候，想着清凉山就好啦！"

"好！你们等我啊！"

莫薇薇高兴坏了，这也太方便了！咻地一下，就能见到妈妈啦！

就这么决定了！薇薇女侠要回家啦！

三个人正要分别，突然听到一声惊雷，他们吓了一大跳。这雷声惊天动地，好像天神发怒一般……等等，天神！

"这个雷声……难道是烛龙反悔了，想要拿回莲花笛？"莫薇薇大惊。

"不对，烛龙在离城东边的章尾山上呢，这雷声是从离城的南边传来的。"文文冷静地分析着。

"到底是怎么回事？这雷声怪怪的……怎么有点像敲鼓的声音？"加灵果然对声音很敏感。

听加灵这么一说，另外两个人也仔细地听了起来。没错，这雷音似乎发出了咚咚的声音，还有节奏，就好像敲鼓一样。

怎么可能有雷声像鼓声一样？好奇怪。

"嘿！又是你们几个。你们在讨论这里的雷声啊？"

他们正研究着呢，对面走过来一个老翁，再仔细一看，居然是城东港口的船夫老爷爷！

"船夫爷爷，您怎么来了？"莫薇薇问。

"我来这边的菜市场转转，倒是你们几个小鬼居然平安回来了啊！哈哈，没找到财宝失望了吧？不听老人言，吃亏在眼前啊！哈哈！"船夫爷爷幸灾乐祸地哈哈大笑。

都说了，他们不是为了财宝去章尾山的。

唉，算了，莫薇薇懒得解释。

"别怪我没提醒你们，这怪雷是从始州国那边传来的。最近始州国不太平，你们再皮也不能往南边去！那里可是兽族的地盘，这次你们一定要听我的！"船夫爷爷又突然一脸严肃。

没想到船夫爷爷又开始自说自话，告诉他们信息了。

莫薇薇一阵好奇："船夫爷爷，始州国经常打雷吗？"

"没错！每隔一段时间那里就会响起一阵奇怪的雷声，而且雷声诡异，像是敲鼓一样。有人说那是天神下凡奏乐，凡人不可多管，懂了吧？"船夫爷爷说着往前面的菜市场走，"几个小孩，快回家吧！"

天神下凡奏乐？

三个人立刻想到了什么，下意识地互相看了看。

"看来，有必要去一趟始州国了，搞不好这雷声就是壁画上的乐器发出的声音。"加灵突然一本正经。

"没错，这声音诡异，不像是一般的乐器。"文文居然赞成了加灵的说法。

莫薇薇心里犹豫了一下，她是应该立刻跟加灵和文文前往始州国，还是先回家呢？

如果回家一趟，再回来的话，不知道壁画世界的时间会过去多久，雷声的线索会不会也跟着消失？

"我们这就过去吧，船夫爷爷说了，雷声隔一段时间才出现一次，我们要抓紧机会。"文文看着加灵道。

加灵点头："走！"

　　莫薇薇想了半天，咬牙说了一句："好吧！"

　　俩人一愣。

　　"我要跟你们一起去！"莫薇薇下定决心了。

　　"可是，你不是现在要回家吗？"加灵问。

　　"不行，我们是一个团队！虽然我只是个普通的人类，但始州国说不定会很危险，到时候，也许我能帮到你们！"莫薇薇很坚定。

　　俩人看着莫薇薇，心里很开心。

　　"啊，有了！我的加灵牌时空信箱可以营业了！"加灵突然想到，"这样吧！我们先一起回客栈，薇薇你写一封信给你妈妈，让你妈妈把照片打印好后，交给乐乐，让它送过来！"

　　对啊！她差点忘记加灵的副业了！就这么定了！

　　三个人回到了客栈，文文和加灵商量着下一步的行动计划，薇薇趴在桌子上开始给妈妈写信。

　　哎，好奇怪，她明明有很多话想说，但看着空白的信纸，却不知道应该先写什么。

　　算啦，她要赶快写好信，准备出发了！

　　新的冒险马上就要来啦！

妈妈：

妈妈！你看到乐乐跑过来送了一封信时，是不是感到超级惊讶？没想到吧，这可是我指挥乐乐这么做的，因为我有好多话要跟你说。可是我现在遇到了超级紧急的情况，没办法回家了！

等等！你先别急着骂我，听我把话说完啦！我不是因为在外面贪玩不回家，而是我有十分重要的任务在身！

你还记不记得爸爸失踪的时候，我那些讨厌的同学和爸爸的同事都说是爸爸刮坏了壁画，然后畏罪潜逃了？我才不信呢！爸爸那么厉害，又是敦煌的英雄，怎么可能做出这种事！你说是吧，妈妈？

我想你也肯定不相信，所以，薇薇女侠正在针对这一事件，进行深入的调查！

根据我的推理，我怀疑爸爸是不小心闯进壁画世界里了！我这么说你肯定是不信的，对吧？可是，我就是被壁画世界里的加

灵鸟带走的。别担心，加灵鸟不是坏人！她是一只超级有音乐天赋，还有着伟大梦想的鸟，我们现在已经成为好朋友啦！

为了她的梦想，也为了追查爸爸失踪的真相，我们决定从壁画里消失的那些乐器入手，按照这个思路，我们找到了第一件乐器——莲花笛。

但是为了找到这件乐器，我们费了好大的力气啊！啊，对了，忘了说了，我的好朋友可不只加灵哦。

我们在一个小渔村里遇到了文文，他可聪明啦！如果在班上，他一定是个超级学霸，还是班长！嗯，他很厉害，懂医术，会乐器，还会阴阳怪气地骂人……呃，没有说他不好啦。反正，我很喜欢加灵和文文！

我们三个为了追查莲花笛的下落，先是在小渔村碰到了又蠢又坏的赤鱬，他居然为了化身为金龙鱼，做了好多坑蒙拐骗的事。不过还好，我们三个和文文的师父一起，顺利地解决了问题，还让这条笨鱼变乖了，他答应以后再也不会做坏事啦！怎么样，我厉害吧？

再然后，我们有了新的线索，决定去北边的北莲国。没想到，我们又碰到了能化身成飞鹏的鲲，那是一条超级大的鱼！妈妈，你绝对想不到，他大得像一座小岛呢！你不会想到，壁画世界里居然有这么多新奇好玩的东西！

后来，我们顺利到了北莲国，刚到那时我的东西就被调皮的地精族给偷走了。

嘿嘿，你肯定要问地精族是什么吧？他们是壁画世界里的猴子，长得好小、好矮啊！可是，他们超级聪明，发明出很多好玩的东西，而且他们还有很多神奇的工具呢！真想都带回去给你看看。

我们在地精族的帮助下，又查到了新的线索。然后，我们去了城里的闹鬼书院。哇！你是不知道那个书院有多吓人，我可是鼓起了好大的勇气才决定进去的！没办法，谁让我是要找到爸爸下落的薇薇女侠，我不能退缩！

我们在书院里面经历了很多考验。嗯，怎么说呢？反正就是藏在书院里的仙人给我们出了考题，考验我们的品性！妈妈，你猜怎么着？哈哈！我们闯关成功啦！我是不是很厉害呀？连仙人都夸我呢！

再后来，我们从书院里的历史书中了解到，我们要找的莲花笛很可能在章尾山上。那这还用说吗？薇薇女侠当然要去勇闯章尾山啦！

哇，你是不知道，爬到山顶的过程差点要了我们的命！啊……不是，我们都好着呢，就是前往山顶要闯过很多的机关。好在，我、加灵和文文都超级厉害，把这些难题都解决掉了！

之后，我们在山顶遇到了上古神龙——烛龙，还了解到了关于他和他的朋友莲花太子的故事。

哇，没想到人和兽之间居然还能有这样深刻的友情！

虽然，在向烛龙要莲花笛的过程中，真的遇到了危险，但是还好，薇薇女侠都挺过来了！

妈妈，你可千万不要以为我在外面闯祸，而想骂我，更不用担心我啊！

现在，我们成功地拿到第一件乐器了，而且，我们还发现了其他乐器的线索！

不过……那到底是不是我们要找的乐器，我也不知道，所以，薇薇女侠又要准备进行深入的调查了！

啊！说了这么多，竟然把正事给忘了！妈妈，如果你不忙的话，可不可以把爸爸电脑里保存的那张与壁画上的乐器相关的照片打印一份，让乐乐带回来呀？

啊，对了，我还忘记告诉你了，加灵有让物品跨越空间的能力，可厉害了！你放心，我一定能收到的！

哎呀，我想你看到这里肯定一百个不同意吧？哼，你这是在质疑薇薇女侠的实力！

妈妈，你要相信我！还有，不要担心哦，我一定会找到爸爸的。虽然前路可能有些崎岖，但是我有超级厉害的朋友在帮我呢!

好啦，我和朋友们准备出发啦! 你可要每天吃好、睡好，安心等我和爸爸回来呀!

哦，对了，我回来的时候，不许骂人，就这样! 拜拜!

薇薇女侠

第51集
诡异森林

莫薇薇在离城做了一些起程的准备后，就向离城南边的始州国出发了。

三人出了离城后，没多久就走出了北莲国国境。到了边境，莫薇薇这才想起来要把她的壁画世界的地图补充一下。

此时，莫薇薇正趴在边境处画地图，文文在周围戒备，加灵则是率先向南边传来雷声的方向飞了一圈，巡查地形。

"离城的东边画一座山，再标上章尾山……好啦！地图补充好了！"莫薇薇看了看精心绘制的地图，还挺有成就感的。没想到，他们已经去过那么多地方啦！

"你小心收着，这地图可是再好不过的护身符了。"文文在一旁提醒她。

她当然知道，这张地图先前救了她的命呢！仔细想来，多亏遇到了龙小五，让这张地图上有龙小五的法术，这才保护了她呢！

俩人正说着话，加灵叫嚷飞了回来："气死我了！这是什么鬼地方！"

俩人抬头一看，只见加灵左翼的羽毛正冒着黑烟，好像被什么东西烧焦了一般。

"你怎么了？被猎人抓到烤了？"文文一本正经地问。

加灵落地，眉头一皱："怎么可能！本神鸟怎么可能让猎人抓住！"

"那你的翅膀怎么被烧成这样了？你没事吧？"莫薇薇马上凑过来看。

"还好，没伤到皮肉，只是烧了几根羽毛罢了。我刚刚往始州国飞，突然天降一道雷，劈到我了，幸好我机智，躲得够快。"加灵解释道。

"啊！那你们两个还是暂时不要再飞了吧，太危险了！"莫薇薇道。

文文点点头："我们走过去吧。"

三个人商量好之后，就向着前方那片茂密的树林前进。

走了没一会儿，他们就觉得这片树林越来越诡异。恰逢天黑，放眼望去，前方的路竟被一片林立的树木覆盖着，这些树好像越来越茂密，密集得都快让人看不清主干道了。

他们往前慢慢走着，莫薇薇突然听到唰唰的声音，她还以为是野兔跑过，扭过头一看，却发现传出声音的地方什么都没有。

"怎么了？"文文问。

"我听见有树叶摇晃的声音。"

"估计是树林里的野兽经过吧。"加灵大大咧咧地侧头看了她一眼。

估计也是，莫薇薇没多想，继续往前走。走着走着，她越看远处的密林越觉得阴森恐怖，而且这夜晚的树林里又突然没了声音，安静得可怕，连一声鸟叫都没有。

不一会儿，又有一阵唰唰声从后方传来，是小动物吗？

莫薇薇心里这么想着，咽了咽口水，拉住了走在前面的加灵。加灵回头看了莫薇薇一眼，她就回头看了这么一眼，眼睛一亮，嘴里发出"咦"的一声。

莫薇薇本来就有点害怕了，见到加灵的反应后，浑身寒毛一立："怎……怎么了？"

加灵摇摇头："没什么，我刚看到你后面的树好像动了。"

……

"啊！"莫薇薇大叫。

"是动物经过树丛，树动了。加灵，注意表达。"文文一脸无语。

加灵笑道："哈哈！没错，是这个意思！"

莫薇薇："……话讲清楚点啊！"

这时候，加灵还故意逗她玩儿！

三个人继续往前走，没一会儿，加灵的耳朵动了动，她似乎察觉到了什么，扭头再一看，眨眨眼道："这些树动了？"

莫薇薇无语："喂！你别再吓我了，我不会再上你的当了！"

加灵陷入沉思，想了半天后，发现思考不是自己的强项，转头对文文说："文文，你回头看。"

文文回头看了看，除了来时的主干路和两边的树以外，什么都没看到。他不由得叹了口气，问加灵："你不会是想连我也一起吓吧？"

"不是！你没发现这些树动了吗？"加灵有点急切地问。

"不是小动物经过的时候，树叶在动吗？这有什么奇怪的？"莫薇薇看着加灵的表情，突然感到有点不对劲了。

见加灵的样子不似开玩笑，文文也谨慎了起来，他扭头又看了看，可是这条路上除了树以外，什么都没有，也没看到任何动物。

"等等……这些树的位置好像变了？"文文终于察觉到一丝不对劲了。

莫薇薇一脸茫然："到……到底怎么了？"

"你们看那棵树，明明刚刚还离我们有好几米远呢，这会儿怎么突然就在眼前了？"加灵指着前面的一棵树道。

"你你你，你的意思是说，这棵树在……在跟着我们？它自己走过来了？"莫薇薇被吓得话都说不利索了。

　　"没错！那棵树在跟着我们，从远处回头看的话，树的高低排序就好像发生了变化。"加灵破天荒地解释了文文的话。

　　文文不慌不忙地问加灵："你今天竟然如此小心？"

　　加灵一脸坚定："因为……你们看那棵树……"

　　两人随着她手指的方向看过去，然后就听到她说："那棵树的树冠好像一个巨大的金元宝啊！"

　　文文："……"

　　莫薇薇："……"

　　难怪！还以为这傻鸟转性了，原来是这财迷鸟对长得像金元宝的树冠格外注意了一下！

　　三个人沉默了一会儿，都没想出个所以然。很快，不仅是那棵树冠像金元宝的树动了起来，周围的其他树木也哗啦啦地动了起来。

　　三个人被吓了一跳，还来不及发问，后面的树竟然仿佛一个正在奔跑的大活人一般，向他们冲了过来！

　　"往前跑！"文文一急，喝令道。

　　"哇！这些树是大妖怪啊？"莫薇薇喊了一嗓子，立刻往前跑了起来。

　　"鬼知道啊！我们现在在始州国了，说不定这就是他们国家的树精呢！"加灵一边跑一边道。

他们直直地往前跑，喘着粗气，过了好一会儿，后面的树精袭来的声音似乎消失了，他们跑到了那条主干道的尽头，从那片诡异的森林里跑了出来，好像把那些会动的树精甩开了。

　　他们看见，前方竟是一大片沼泽地。

　　高空挂月，沼泽地中有星星点点的水洼，水面波光粼粼，正与皎洁的月光交相辉映着。这地方竟然有种说不出的幽美，但又透着一股诡异。

第52集

人脸树和鬼影子

"这里竟然有这么大片的沼泽地啊！"莫薇薇惊叹。

"我们还是快往前走吧，不知道那些树精会不会冲到这片沼泽地来。"文文说着继续往前走。

俩人点点头跟了上去。

他们正讨论着那些奇怪的树精到底是怎么回事，文文就突然停下了脚步。

远处漆黑一片，可是又有一抹诡异的月光照在沼泽地旁边的树上。

加灵皱皱眉："前面那些树……不会也是树精吧？"

"树旁还有人。"文文冷不丁地说了这么一句话。

莫薇薇瞬间头皮一阵发麻："这……这大半夜的，深山老林的……怎么可能有人？"

"我看得也不是很清楚，模模糊糊的，好像有一张人脸，我去看看。"文文说着就要往前走。

"喂！是谁在那里啊？"加灵居然吼了一嗓子，也跑了过去。

"加灵，你别喊啊！"莫薇薇吓了一跳，就见两个人瞬间消失在前方的黑暗中，她回头看了看来时的路，想了想身后有会跑步的树精，咬了咬牙，狠了狠心，也匆匆跟了上去。

莫薇薇跑到前面，就发现加灵和文文呆愣愣地站在那里，一动不动。她心里更慌了，慢慢挪着步子，试探性地问："文文？加灵？"

紧接着，她身后有什么东西碰了她一下，她顿时大脑一片空白，机械地慢慢把头扭过去。这一看，差点没把她吓死，她没忍住大喊了一声："啊啊啊！"

加灵和文文一惊，扭头一看，果然又有树精跟了上来，其中的一棵树还用树枝挑衅般地搭上了莫薇薇的肩膀。

借着月光，他们这才看清树干上……居然长着一张人脸！

莫薇薇大叫着往前跑，她刚跑了没两步，就发现前方全是那些怪树，密密麻麻的，而且每棵树上都长着一张人脸！

文文拉住了慌乱的莫薇薇，道："别慌，让我仔细看看这些人脸。"

"啊？你还要仔细看？你不嫌吓人吗？"莫薇薇大叫。

这会儿，那些树又突然安静下来了，立在他们眼前。他们三个人站在一排长着人脸的高树面前，就像是在等待着被一群青面

獠牙的怪物审判一样，顿感阴森、恐怖。

"哎？再仔细一看，这好像不是人脸，这是兽族的脸吧？"加灵道。

见他俩都这么镇定，莫薇薇那颗狂跳不安的心也渐渐平稳下来："兽族的脸？"

文文双手抱胸，抬头仔细观察起来。不一会儿他点点头："没错，这些脸都是被人刻上去的，就像木雕一样，只不过……这木雕技术可不怎么样。"

"没错，这些脸乍一看，都有眼睛、鼻子、嘴，不过放在一起这也太丑了吧！我们兽族也有长相好看的，比如我！"加灵一脸自豪。

莫薇薇心里吐槽，也跟随着他们观察起来。这些木雕脸，每张都不太一样，眼睛大小不一，鼻子也高低不一，嘴巴形状更是各式各样，都不相同。因为这雕刻技术实在是太差，以至于分辨不出来刻的究竟是哪支兽族。

"文文，你能看出树上雕的是哪一支兽族吗？"莫薇薇问。

文文摇了摇头，又突然毒舌起来："用这种木雕技术刻上去，还妄想能被人认出来吗？"

好吧。

"不过，我倒想起来一件事。"文文继续道，"之前，我和师父四处流浪的时候，偶然经过一个偏远的地方，那个地方有一个很特别的习俗。"

"习俗？什么习俗？"加灵好奇地问道。

"那是一个少数民族的习俗。那个地方的人很崇拜一个住在树上的天神，所以只要哪棵树有点奇异的地方，他们就觉得那是神树。后来慢慢演变成了，他们会把信奉的神明的脸刻在树上，祈求保佑。"文文解释道。

"可这些树上刻着那么多张不同的脸，他们不会信奉那么多的神明吧？"莫薇薇问道。

文文摇头："这我就不知道了，主要是刻得太丑了，所以线索就断了。"

好吧。

"总之，现在知道的就是始州国内信奉很多不同的神明，还把神明的脸刻在树上，祈求保佑就对啦，我们继续赶路吧！"加灵催促道。

三个人正往前走，加灵又突然鬼叫一声。俩人一惊，纷纷看过去问道："怎么了？"

加灵匆匆忙忙地把自己全身上下摸了一遍，脸色极差："我的钱袋没了！"

"啊？"

莫薇薇大惊，那里面装的可是他们三个人的旅费啊！

"是不是刚刚躲树精的时候，掉在路上了？"文文眉头一皱。

"我回去找找！你们在这里等我！"加灵说着就要往回跑。

正在这时，一阵诡异的笑声突然在静谧的森林中响起："嘻嘻，嘻嘻！"

三个人顿时身体一僵。

那笑声响彻整片沼泽地，还发出了阵阵回响，简直恐怖得令人头皮发麻。

文文突然道："在下面！"

三个人低头一看，发现他们正踩在一处水坑上，水坑里有一个影子正欢快地蹿来蹿去，影子还托着加灵的钱袋四处乱转。而那恐怖的笑声，就是这个影子发出的声音！

"这……这是什么鬼东西？这是谁的影子？还有谁在这里？"莫薇薇大惊，四处张望，发现周围除了他们三个，没别人了！

"管他呢！"加灵说完低头就要去捡钱袋子。

却没想到，那水坑中的影子突然带着钱袋子消失了！

莫薇薇蹲下身子，仔细盯着水坑看，水面上除了倒映着周边的树影和点点月光之外，再无其他了，水面恢复了平静。

"这……这是怎么回事？那影子消失了？"加灵感到不可思议。

"没有，它跑了！"文文说着往前跑了过去。

加灵紧紧跟上，接着她就发现那怪影子不但继续嘲讽地笑着，而且还托着钱袋子自由地穿梭在四周的水坑间。莫薇薇他们刚跑到一处，它就消失了，转而又出现在另外一个水坑中。它简直……就像地鼠一样，烦人极了！

　　莫薇薇冲着加灵大叫："加灵，在你后面！"

　　加灵连忙回头，那黑影正在她脚边的地上，它还试图伪装成加灵的影子，却因为和加灵的动作不一致，被莫薇薇看出了破绽。

　　黑影的手里此时正拿着加灵的钱袋子，被人注意到后，它飞速跑到另一个水洼里去了。

　　这时，那黑影居然开口说话了："抓不到我，抓不到我！"

　　"敢偷本神鸟的钱！你是不是不想混了？"加灵大叫着追过去。

　　黑影的移动速度很快，不一会儿就和他们拉开了一大截距离，转眼就消失在前方的黑暗之中了。

　　三个人大半夜的在这诡异的破地方找了一晚上，都没再找到那道影子，不知不觉间，天都亮了。

　　加灵暴跳如雷，恨不得立刻揪出那影子暴打一顿。

　　"可是影子怎么能抓到实物啊？这也太诡异了吧！"莫薇薇突然想到了这个问题。

　　"这里已经是始州国境内了，兽族分不同种族，他们有各式各样的能力。"文文道。

也对……莫薇薇应该在壁画世界里见怪不怪了才对。

他们一边说着，一边朝着南边继续前进，这一晚上非但没有休息，反而更累了，连旅费也丢了。

这运气……

这时，前方突然传来丝竹管弦的声音，遥望过去，像是一个小城里面正在办什么庆典，张灯结彩、热闹红火的样子。

"那是始州国的主城。"文文道。

他们终于到了！

他们站在主城的城门口，听着城内锣鼓喧天、嬉笑打闹的声音，简直惊呆了。这主城内一幅"阖家欢乐"的景象，跟刚刚诡异可怕的森林沼泽简直是两个世界！

再看城内，小商贩、首饰铺、客栈、成衣铺等，应有尽有。这里市井气息浓厚，大街上行走着各种奇形怪状的兽类，还有普通人类，还有部分妖兽化的半兽人……

这些人和兽聚在一起，有的友好交流，有的吹胡子瞪眼地吵架，这简直离谱啊！

不是说几百年前始州国和北莲国划分国界后，始州国内只有兽族吗？这都是怎么回事？

"始州国不是兽族居住的地方吗？怎么这里反而像是人类居住的城市？而且，这些人和兽都聚在一起呢！"莫薇薇实在太好奇了，直接冲进了城里。

她睁大眼睛不可思议地左顾右盼着，文文在后面道："看来

几百年来，随着历史的演变，始州国的兽族都渐渐习惯了人类的生活方式，甚至被同化了很多。战争过后，估计是为了通商吧，人类也会到始州国内，渐渐地，人和兽长期居住在一起就有了半兽人吧。"

"这是莲花太子的功劳啊！毕竟他曾经那么努力地推进人和兽的和谐关系，如果他还活着，看到现在人和兽共处一城、和平安乐的光景，应该会很高兴吧！"莫薇薇不自觉地笑了笑。

"嗯。"文文和加灵点点头。

"啊！你们看那边，哈哈！"

莫薇薇看到左边街边，一家成衣铺内挂着"妖老三成衣铺"牌匾，就是牌匾上的字写得歪七扭八，而牌匾下面有一个浓妆艳抹的母鸡怪正在搔首弄姿地试衣服，而这衣服的款式看上去好像中原大唐穿的襦裙。

长长的衣袖，长长的裙摆，仙气飘飘的。不过这襦裙套在一个母鸡怪身上，那画面简直不能看，衣服的美感顿时全无！

那母鸡怪一脸狂傲地对铺子里一个三眼怪道："老板，你确定这就是你铺子里最好看的一件衣服了吗？"

"公主殿下，我确定啊！"三眼怪急赤白脸地道，生怕被冤枉了。

莫薇薇一愣："啊？那母鸡怪是公主殿下？"

"怎么了？"加灵看莫薇薇的脸色从刚才开始就不大对劲，忙问道。

"这这这……这母鸡怪出身皇室？"莫薇薇指着母鸡怪，感到不可思议。

始州国还有皇室？他们不应该只分大王和小王吗？

"兽族的确不像人类那样，将平民、贵族、皇室区分得那么细致，通常都是按照谁比较厉害谁就当大王这个理念进行等级划分的。"文文四处游历，懂得自然多。

"哎，不，不绝对！在我们蓬莱，是不靠能力划分族民等级的，我们那也是有皇族传承制的，这点倒是跟人类的习俗有点像。"加灵插话道。

莫薇薇一惊："啊？加灵，难道你是皇族吗？"

"你看我这么贵气，难道不像皇族吗？"加灵一本正经地生起了气。

俩人都不可思议地说："你不早说！"

"这不是显而易见的事？还用说？"

"呃……"

"那你都是皇族了，居然还是个财迷？"莫薇薇大叫。

"你懂什么！蓬莱皇族也是要靠自己赚钱的！"加灵大叫。

好吧。

　　莫薇薇正扶额表示无语呢，就又听那成衣铺里的母鸡怪叫嚷起来："今儿个可是雷神祭典的大日子，老板，你可别糊弄我！我一定要穿最好看的衣服面见雷神！"

　　"放心吧，公主殿下，您身上件就是我们店最新的款式了，而且独一无二！"

　　"什么？竟是孤品！好，本公主买了！"

　　母鸡怪说完，居然翻出了一大堆贝币递给老板，然后扭着屁股，拖着长长的裙子离开了。

　　这……同化得也过分了吧！

　　"雷神祭典？"文文对这些行为乖张的兽族明显没什么兴趣，他反而对祭典感兴趣。

　　"啊，祭典！难道说跟刚才我们见到的那些人脸树有关？那树不就是祭祀祈福用的吗？"莫薇薇突然想到了这一点。

　　"嗯，看来，那些不同的面孔就是这里的人口中说的雷神了吧，大概是因为这座主城的百姓信奉雷神，所以才把雷神的样貌刻在外面的树上，祈求平安。"文文猜测道。

　　"不对，我还是觉得怪怪的，一般民间祭祀的神像都是一模一样的。"莫薇薇道。

　　"也许他们没见过真正的雷神，全凭自己的想象刻神像呗！哎，先不管了，我们的钱袋子还没找到呢，先找钱袋子吧！"加灵脑子里还在想着被偷的钱袋子。

"现在线索太少了，那怪影子也不知道去哪里了，先四处逛逛，搜集其他的情报再说。"文文道。

"我们还是先弄明白这祭典吧，我还是很好奇呢！"莫薇薇道。

"不不，先找钱袋子！"

"先问情报。"

"先查祭典啊！"

三个人在沸沸扬扬的大街上突然吵了起来，正闹着，远处一阵马蹄声传来，连带着粗暴的吼声："放肆！本太子今天就是要入东海娶小龙女！谁敢拦我？"

"太子息怒啊！不对，这……这话本对……对不上了！"

他们看见一个长着鹿角、面目俊朗的公子，正骑在一匹长着翅膀的马的背上。啊，那是不是传说中的天马族？是载着莲花太子半夜离家的兽族吧！

这位自称太子的人身边还跟着一个穿着中原大臣衣服的……独眼怪，独眼怪正一边从衣服里翻出一册戏本看，一边头上冒汗，嘴里念叨着："不对、不对，这《下女夫词》里不是这么演的！"

"嗯？那怎么演？"鹿角太子问。

"哎呀！你下来，串词了！我来演太子，你演大臣！"独眼

怪说着就要把鹿角太子从天马身上拽下来。

"喂，脏手拿开，别抓脏了本太子的衣服！"鹿角太子已经入戏了。

"你快下来！重新排练一遍，待会儿到了雷神祭典上可不能演砸了！"独眼怪死命抓着鹿角太子大吼。

他俩明显是在街头演话剧，结果却演砸了，还要临时换角，于是扭打成了一团。

站在旁边的莫薇薇一行人彻底看傻了，这都是什么乱七八糟的啊！

"这地方……真是事事离奇，令人无语至极……"文文闭着眼，像是有点看不下去了。

"你怎么烛龙附体了，跟烛龙说话的语气那么像……"莫薇薇忍不住吐槽。

"走南闯北去过那么多地方，还从未见过兽怪演戏。"文文冷言评价道。

"可你不是最喜欢好玩的东西吗？"加灵插话道。

"是这样没错，不过这演员和角色完全不像，烂戏一出，卖不了座的。"

来了，来了，毒舌怪又回来了！

"不过，从刚刚开始我就有些好奇，你看那母鸡公主的裙子和这大臣的服饰都来自中原，他们演的戏本子却是敦煌的《下女夫词》。"莫薇薇道。

"啥？什么词？"加灵问。

"大概写的是敦煌娶妻习俗之类的故事。"莫薇薇向加灵解释道。

"始州国的兽怪居然喜欢这类戏本，倒是有点意思。"文文又突然来了兴致。

"我不想看戏啊，我要找回钱袋子！这样吧，我们兵分两路，我去找怪影子，你和文文去调查雷神祭典吧！"加灵突然道。

"不行，这里这么乱，到处都是奇奇怪怪的兽怪，我们还没搞清楚状况，容易走散。"文文道。

莫薇薇也摇头："这里太乱了，我们还是不要分开了。"

加灵无奈："好吧，那就一边调查一边找那怪影子吧。"

三个人商量好了，继续往前走。

知识注解

　　襦裙：襦裙是汉服的一种，上身穿的短衣和下身束的裙子合称襦裙，直到唐朝前期都是普通百姓（女性）日常穿着的服装，之后逐渐被衫袄替代。

　　《下女夫词》：敦煌出土的故事集，主要记录了一些迎亲时男女相互问答和婚礼仪式的内容。

再往前走，周围张灯结彩，一派庆典模样。仔细一看，他们就发现周围店铺的招牌和挂着的灯笼，都画着、刻着或是修剪成了和森林里树精上所刻的差不多的脸。

莫薇薇找了个正在卖汤饼的猪大叔，问道："猪大叔，你们这儿为什么到处都刻着这种脸啊？是不是祭祀用的？"

"你们是从外乡来的吧？没错！这是我们的雷神！"猪大叔一脸自豪地说。

"你们这儿雷神这么多，哪一尊才是老大？"加灵问。

"什么？"猪大叔立刻一脸惊恐，忙对着他们摆手，"你可别胡说！我们只信奉一位雷神大人，哪来的'这么多'？"

"怎么可能？那些刻上去的脸分明都不一样！还有外面那些树上也是！"莫薇薇道。

"难不成……"文文一脸无奈的小声碎碎念。

莫薇薇正想问他是不是想到了什么，猪大叔道："这分明雕

刻的是同一张雷神大人的脸！你这是在质疑我们雕刻师的手艺！"

文文扶住额头，低声道："果然。"

莫薇薇小声跟文文念叨："他们是因为技术太差了，还自以为刻得很好，所以选择性失明吗？"

"没错。"文文点头。

好吧，原来是这样。

看来这些兽族对自己的手艺有着盲目的自信啊！

"你们这些外来人，待会到了雷神祭典上，千万别问东问西的，说些让雷神大人不高兴的话，不然有你们好看的！"猪大叔凶巴巴地提醒他们道。

"祭祀大典，雷神本人还亲临啊？"加灵问。

莫薇薇也觉得有点怪，又道："我知道的祭祀典礼上，普通百姓都是见不到神仙的，所以才通过祭祀的形式向神仙祈福祷告。"

"哼！你们知道什么！我们雷神大人是被上天选中的新晋神仙，本事可大了，不仅赏罚分明还亲民，所以每年的祭祀大典，他老人家都会亲临！"猪大叔继续道。

"可是这里是始州国的都城吧？按理说应该是在烛龙的管辖范围之内，你们的老大应该只有烛龙才对吧？"文文道。

"不不不，烛龙大神日理万机，无暇管理我们雷泽乡。所以烛龙大神就采取了始州国每个地方推举出一个老大管理地方的政策。据说，这是烛龙大神昔日好友告诉他的管制方法，烛龙大神听后觉得甚好，立刻扔下雷泽乡不管了。”

三个人听到这番话后，顿感微妙，这地方行政长官的制度绝对是莲花太子教给烛龙的，烛龙那么懒，听了当然觉得好！他终于能当甩手掌柜在章尾山吃吃喝喝，听听小曲儿了。

“老猪，你还有空聊天，待会儿献给雷神大人的食物做好了没有？”旁边的大鹅叽叽喳喳地教训道。

“马上就好了！”猪大叔一边摆弄着一锅汤饼，一边用力地拔了几根自己的猪毛往锅里一扔。

莫薇薇看到顿时一阵恶心：“猪……猪大叔，你干吗把自己的毛拔下来扔进锅里啊？”

猪大叔道：“我的猪毛就是最美味的调料！小孩子懂什么！”

呕……莫薇薇差点当场吐了。

“好了，好了，你们三个小孩别耽误我做饭了！你们要是想看雷神祭典，就顺着这条街往前走，看到一个大祭坛，那就到了。”猪大叔说完就把他们轰走了。

三个人继续往前走，越靠近祭坛的方向，兽怪越密集，各种兽怪挤在一起，兽头攒动、推推搡搡的，他们费了好大劲儿才从缝隙中钻出来，这一出来就看到了前方的那座大祭坛。

周围有兽怪在叫着："祭典马上就要开始啦！"

加灵无心看祭典，她想了想还是对莫薇薇和文文道："不行，我还是要去找钱袋子，万一有什么事，没钱可是寸步难行的！"

"别急呀，我们过来就是找钱袋子的！"莫薇薇突然一脸得意地道。

俩人不解："什么意思？"

"你们想，刚刚偷走钱袋子的是怪影子对吧？正好今天是大白天，雷泽乡将举行最重大的祭典，而祭坛旁边又是人最集中的地方！"莫薇薇解释道。

加灵眨眨眼，没理解这跟找钱袋子有什么关系。

"这就好像我们把所有嫌疑人都聚集在了一起，一起察看啊，谁的脚底下没有影子，谁就有重大嫌疑，至少是那怪影子的同族！"莫薇薇道。

"原来是这样！"加灵如醍醐灌顶。

文文点头："目前只能先按照这个思路来找了。"

三个人立刻在密集的兽怪群里察看。大白天的，谁的脚底下没有影子，就异常明显。只可惜，他们看了半天，都没找到没影子的兽怪。

"那怪影子也许是一个个体，独自成怪也说不定。"文文道。

莫薇薇有点失望："也有这个可能，谁知道始州国里到底有着什么样的精怪。"

"开始了！开始了！"

兽族百姓中突然有兽怪大喊了一声，随着喊叫声响起，周围顿时更加热闹了起来，一拨又一拨的兽怪在振臂高呼。好家伙，看来雷神在雷泽乡极其受欢迎啊！

紧接着，天上有一群衣袖飘飘的仙子悠然飞过，仔细一看，竟是一群漂亮的飞天小姐姐！

她们居然在空中表演起了琵琶舞！好美！

"不对啊！这里也没比离城热多少啊，飞天怎么飞过来了？"加灵感到不可思议，立刻飞上天凑到一位飞天旁边询问。

那飞天小姐姐听她这么一问，道："哎呀！雷神大人慷慨，给的商演费多啊！再冷也要来！这一单生意赚的可比载人飞一圈多得多了！"

"真的假的？有……有多少？"

莫薇薇无语，在下面大喊："加灵，你是偶像，是歌神，别见钱眼开！你身为皇室贵族还能到处商演，给人打工吗？"

加灵咳嗽了几声："喀喀……那倒是，即便是商演，本歌神也必须是为了自己的演唱会才行！"

加灵嘴上虽然这么说，但她还是在天上学着飞天表演的样子。

看样子她又要发展副业了……

莫薇薇好不容易将她从空中劝了下来，空中的飞天开场舞也结束了，只留下一群意犹未尽的兽族百姓仰望天空。

"好好！飞天姑娘好棒！"

"这舞真好看！"

"多亏了雷神大人，我们才能每年过一次祭典节，我最喜欢祭典啦！"

这时，一声高呼响起："雷神大人到了！雷神大人万岁！"

锣声和鼓声响起，刚才还喧哗不止的兽族百姓瞬间安静了，大家齐齐下跪，恭顺地低下了头。

莫薇薇他们不明所以，但为免惹事，也跪了下来。

知识注解

> **汤饼**：又称面片汤，是将调好的面团托在手里撕成片下锅煮熟做成的食品。

莫薇薇悄悄抬头，望向前方巨大的祭坛，她现在才有空看清祭坛的样子。祭坛周围悬挂着庆典用的五颜六色的彩旗，正中间放着一把巨大的金色龙椅，看上去华丽阔气。

"好大的椅子啊！这要坐多少人啊？"加灵小声感叹。

"雷神大人将至，不得喧哗！"站在旁边的一个狗熊怪训斥道。

加灵冲着前面做了个鬼脸，懒散地跪坐着。

这时，祭坛处传来轰的一声巨响，大地颤动了。莫薇薇一行人一惊，这是什么动静？

再看周围，那些兽族百姓权当没听到，奇怪了，为什么兽族百姓完全没有反应？

又是轰的一声，前方有一个巨大的影子慢慢走近，那影子似乎是什么猛兽一般，踏着沉重的步子而来，正在慢慢走向祭坛。

等到那猛兽走到眼前，他们才看清那是一个头顶长角、肥头

大耳、巨口獠牙、长相奇丑无比的紫脸怪。他穿着一件巨大无比的龙袍，慢慢坐在了祭坛的椅子上，紫脸怪的大肚子随之发出咚的一声。

他腰间还挂着一面金色的羯鼓，漂亮而精致，被这大肚子盖住了半边。

这这这……难道这庞然大物就是雷神？长得这么大！而且，似乎本尊跟雕像完全不一样啊。

算了，那雕像本身也不能当真的看。

雷神坐在椅子上，面向兽族百姓。他一开口，莫薇薇没忍住，扑哧一声笑喷了。

"众爱卿平身吧！"

莫薇薇本以为这紫脸怪如此巨大，他定声如洪钟，没想到他的声音却如此尖细，好像故意抻着嗓音模仿戏腔一般，就……就像是一个女子在唱戏，简直好笑！这反差也太大了吧！

还有"众爱卿平身吧"这句话又是什么意思啊？再看他身穿的龙袍，难不成他还当自己是皇帝了？

莫薇薇又仔细看了看这雷神的模样，脸这么大，再加上一双瞪大的眼睛，看起来憨憨傻傻，很不聪明，哪里有半分皇帝的样子。

"雷神万岁万岁万万岁！"臣民们向他叩拜。

雷神又下令："祭典正式开始！歌舞起！"

炮声齐鸣，兽怪群开始沸腾起来："胡姬来啦！"

"哇！居然能看到胡姬！"莫薇薇惊叹。

"湖鸡？那是什么？湖里的鸡？"加灵问。

"在我的世界，胡姬就是从西域来的，有着白皮肤、高鼻梁、大眼睛的漂亮姐姐，不知道这里的胡姬是不是也那么漂亮。"莫薇薇说。

"漂亮啊！"狗熊怪又插嘴道，"去年祭典，站在最前面跳舞的小红，美得让多少人几天几夜都睡不着觉啊！"

这话引得旁边的兽怪都激动地直点头，他们一脸陶醉地回忆着。

说话间，胡姬的队伍浩浩荡荡地走上了巨大的祭坛。哇，终于能见到漂亮的胡姬姐姐了，莫薇薇竟然有一些期待。

但是很快，她就兴奋不起来了，因为她看见走到祭坛上的胡姬队伍，虽然都穿着艳红的纱裙，脸上戴着薄如蝉翼的面纱，但各个面色发青、身材臃肿、笨拙滑稽，这群人哪里是胡姬啊，分明就是兽族的丑八怪啊！

"这艳红的颜色真是太衬她们了！"狗熊怪看直了眼。

"是啊！胡姬太美啦！"旁边的兽怪随声附和。

莫薇薇吐槽，这哪里美了？哦，对了，她差点忘了，始州国的审美比较奇特。

"你说的漂亮姐姐……就是这些怪物？"文文冷冷地问了这么一句。

莫薇薇急忙摇头辩解："才不是呢！在我的世界里，胡姬姐姐可漂亮了！"

"那她们脸上的妆又是怎么回事？为什么要在脑门儿上画这么大的花？"文文又问，一脸嫌弃。

莫薇薇再仔细看，这些胡姬脸上果然化了妆，她嘴角抽搐着说："我记得我们那里很久以前曾流行过在额头画花，好像是叫花钿，不过我没想到竟然会这么大！"

那花钿画得歪歪扭扭，占满了整个额头。

"既然脸这么大，嘴为什么要画这么小？"文文实在不能理解她们的妆容。

她们额头的花钿很大，粗黑的眉毛像毛毛虫一样横在脸上，长长的睫毛翘得老高，两颊肥硕却画得通红，高高地突了出来，但那张嘴又不协调地画得非常小。

"还有嘴角为什么要点两个红点？"

"那是面靥，点在酒窝的位置，让人看上去可爱一点！"

文文皱着眉头说道："简单来说就是鬼脸造型吧。"

……

"薇薇，你们那里的胡姬也长这样吗？"加灵吃惊地问。

莫薇薇赶紧摇头："不是不是！这始州国的人分不清美丑，毫无鉴赏能力，而且还喜欢学习中原文化，但问题就出在这里了，学了个四不像！他们这里简直乱七八糟！"

说话间，歌舞终了，胡姬退去。

这时，兽怪群突然开始撕扯了起来，后面的兽怪一边把前面的兽怪往后拉，一边拼命往前挤，前面的兽怪也在想办法从后面的兽怪手中挣脱。

站在前面的莫薇薇等人被兽怪往后扯着，他们三个瞬间就被挤到了外围圈。

"这些兽族百姓怎么了啊？发生了什么？"加灵在拥挤的兽怪群里大叫。

"不知道啊！"莫薇薇不知道被谁的屁股挤了一下，差点喘不上气来。

正乱着，前面祭坛上的一位胡姬从旁边拉出来一个箱子，箱子打开后，满箱的金银珠宝闪闪发光，这得有多少钱啊！

"来了来了！雷神要嘉奖艺术大师了！"有兽族百姓喊道。

莫薇薇听了他们的话，简直一头雾水。

这会儿就听见雷神掐着嗓音说道："爱卿们，又到了一年一度的民众表演时刻了！有艺术才华者，上台表演节目，只要表演得好，皆可从我这宝箱里随意挑选一件珍宝当作酬劳！"

"哇！雷神大人出手还是那么阔绰！"兽族百姓叫道。

"原来是挑选民众上台表演啊，还有酬劳，难怪这些兽族百姓突然那么积极。"莫薇薇道。

"反正我们的钱袋子也丢了，不如试试，赚点旅费也不错。"文文居然有了这个想法。

"接下来，就让这位美丽的胡姬取下她的面纱，扔向大家，谁接到面纱，谁就能成为幸运儿，来表演节目！"雷神继续道。

紧接着，兽族百姓高举双手，沸腾起来，他们都在准备接面纱，胡姬一笑，自以为动作优美地将面纱取下，放在嘴边，吹了一口气。那口气似乎带着妖力，让面纱一下子飞出去好远，站在前面的兽族百姓反而占不到便宜了。

场面一下子变得混乱起来。

知识注解

> **羯鼓：**一种乐器。羯鼓两面蒙皮，腰部细，因用公羊皮做鼓皮，因此叫羯鼓。在南北朝时经西域传入，盛行于唐开元、天宝年间。
>
> **胡姬：**原指北方或西方的外族少女，后常用来指酒店中卖酒的女子。
>
> **唐代妆容：**唐女子画眉以一点眉为主，后有远山黛、青黛、柳叶黛等多种其他造型。唐女子白面两颊的胭脂常抹成圆形，取意面部圆润有福。

刹那间，前面的人都叫嚷着跑去后排追那面纱，后面的人则是踮起脚，拼命地想要够到空中飞舞的面纱。正在这些人争先恐后地夺面纱之时，一只手在空中截获了面纱，顷刻，人群又安静了下来。

莫薇薇和文文傻了眼，他们眼睁睁看着自己的队友飞向了天空，一把揪住了面纱，然后再拿着面纱飞到前方的祭台，轻稳落地，一脸自信地道："今年这表演的翘楚，本歌神拿下了！"

"哦？没见过的族民，新来的？你有什么才能？"雷神问道。

加灵转过头道："雷神，听好了，本歌神的演唱会可不是随时开的。"

"歌神？口气倒不小。"雷神居然没觉得这只不知道从哪里来的鸟冒犯到了自己，反而兴致盎然。

紧接着，加灵面向兽族百姓，自信地高歌了一曲，那歌声悠远空灵，一曲结束后，还久久地在所有听众的脑海里回荡。不知道的还以为她是天宫来的歌女，这是天国仙乐。

始州国的国民傻了眼，不敢出声，生怕破坏了大家的兴致。而雷神更是瞪大了双眼，面容僵硬，好半天才伸出一根手指，指着加灵大喊："你……是仙女！天宫的仙女！你是歌神！是仙乐大师！"

雷神这会儿怕是……失智了吧。

"怎么样？雷神，这箱子里的东西我能拿走一件了吧？"加灵问。

"歌……歌神请！只是……能否请歌神再来一曲？"雷神明显听得意犹未尽。

加灵从箱子里挑了一颗珍珠，听到这话后，倒是心里有点不快："都说了，本歌神的演唱会不是想开就开的。"

"哇！加灵，你转性了？要个性不要金钱了？"台下，莫薇薇冲着加灵大声吐槽。

加灵一看台下的莫薇薇和站在旁边面无表情的文文，突然灵机一动，指着他们就道："不如让我的小弟们再给你表演一场！"

小弟？他们什么时候成为她的小弟了？

雷神转眼看向台下的莫薇薇和文文，一脸惊讶："莫……莫不是歌神座下的二位乐曲大师？"

"不……不是……"莫薇薇赶忙摇手。

　　文文这会儿竟然一本正经地回答道："我倒是会吹笛子。"

　　"什么？你竟然会吹笛子？快快有请大师上前来演奏！"雷神一激动，那张大脸上的五官都开始颤动。

　　两位胡姬立刻下台，一个搀扶着莫薇薇，一个搀扶着文文，生生把他们俩拖到了祭台上。

　　这下可惨了，文文是真的会吹笛子，还吹得很好，可是……她莫薇薇怎么办！

　　莫薇薇急赤白脸地小声对加灵道："你瞎说什么啊，我哪会表演节目？"

　　"你怎么不会？你忘了，当时我去你们学校当音乐老师的时候，你可是在我面前吹过口琴的，我觉得你还是班里吹得最好的一个呢！"加灵笑嘻嘻的。

　　"啊？吹口琴？"莫薇薇惊了。

　　"快点，快点！好歹我在学校教过你一天，你也算是我的头号大弟子了，怕什么啊！而且，我不是让你随身带着口琴，以备不时之需了吗？"加灵催促道。

　　啊，对了！加灵曾经嘱咐过她的。

　　被加灵这么乱搞，她现在是真"下不来台"了。

　　这时，文文已经吹起了笛子，不过文文用的是他自己的那支自制笛子，不是莲花笛。

纵使这样，普通的笛子也被他吹得出神入化。雷神一脸惊喜，差点没高兴得背过气去。

　　轮到莫薇薇的时候，雷神一脸期待地搓着一双大肥手问道："这位大师，您有什么才艺？"

　　称呼居然都变成"您"了！莫薇薇一边思考吹什么曲子，一边在想一个很严重的问题，这雷神搞不好不仅深受中原文化影响，而且极度喜爱艺术，是个疯狂的艺术爱好者。

　　在莫薇薇翻出口琴的那一瞬间，不知道为何，不仅雷神，连底下的兽怪皆是一片哗然。

　　她愣了一下，发现这些人都盯着自己手里的口琴目不转睛，这……这又是怎么了？

　　"这……这是从未见过的乐器啊！"

　　"这些人果然不是人间生物啊！"

　　"搞不好是天上下来的神人！"

　　"什么？天上？难道是传说中的月轮国？"

　　"不知道啊！不过肯定不是一般人！"

　　兽族百姓大声议论着，莫薇薇这才惊觉，心想："啊，对了，壁画世界所处的时代应该还没有口琴，难怪这些人从来没见过。"

　　雷神的头忍不住前伸，死死盯着莫薇薇手里的口琴，激动得连话都说不清楚了："这……这东西小巧别致，我……我研究音

乐那么多年，竟……竟从未见过！大师，敢问这是什么天物吗？"

唉，见识少果然是一件很可怕的事情，莫薇薇心里想。

"喀喀……既是秘宝天物，自然不可告知过多！"莫薇薇咳嗽几声，装模作样地来了这么一句。

在场的兽族百姓一听，又敬又畏。雷神这个大胖子居然瞬间起身，灵活地跪在了地上，对着莫薇薇的口琴磕了三个响头："敬天物！"

莫薇薇："……"

台下一帮兽族百姓见雷神都跪拜了，自然跟着一起拜，还齐声大喊着："敬天物！"

"还请众天神为我雷泽乡赐曲！"雷神跪在地上半天不起来。

莫薇薇无语了，加灵也看不下去了，文文摇了摇头。

加灵居然有良心了，道："算了算了，这样吧，我们合奏一曲吧，就……《敦煌曲》好了。薇薇，你听过几次，应该能用口琴跟着吹几个调子吧？"

"嗯，没问题。"她点点头。

三个人互相看了一眼，点了点头，自然而然地有了默契。他们开始演奏，由加灵哼调作为主唱，文文用笛声相和，薇薇用口琴穿插伴奏。

好奇怪，明明三个人之前都从没排练过，竟然将这曲子一气呵成地完成了，没出差错，调子完整，而且合奏版还异常动听。

他们演奏完后，台下寂静无声，许久才爆发出一阵雷鸣般的掌声。

"天宫仙乐啊！"

"好！妙！"

兽族百姓大喊。

"三位天神技艺超群，我每年都会举办民众表演活动，就是为了找到像你们这样优秀的艺术人才啊！"雷神指着莫薇薇说道，"我决定了，三位即刻起担任我国艺术大师兼国师！"

莫薇薇无语，解释道："雷神，国师的职责跟音乐关系不大……"

"不不，您就是我的国师，敢问国师芳名？"雷神很执着。

"莫……莫薇薇。"

"薇薇国师好！"

好吧，居然刚来到始州国就混了一个国师的名号，听起来也还不错。

正说着，在雷神旁边的胡姬突然说道："雷神大人，行刑时间到了。"

莫薇薇心里一惊，行刑时间？这是怎么回事？

　　雷神刚刚还一副愉快欢乐的表情，一听这话，整张脸瞬间垮了下来，变得严肃。他正色回到椅子上，语气也平静了下来："带犯人上来，进行天罚。"

　　天罚？那是什么？

"天罚？那是什么？"莫薇薇问了出来。

"天罚是上天降下的惩罚，只有处置罪大恶极的犯人时才会用。"文文解释说。

"可现在不是祭典吗？在祭典上惩罚犯人？"莫薇薇不能理解。

"谁知道他们这个地方有什么奇怪的习俗。"加灵道。

这时，兽族百姓中有窃窃私语传出，莫薇薇竖起耳朵仔细听着。

"这几天咱们这儿的犯人可真多，昨儿还罚了一个，那叫一个惨！"

"那还是雷神施以小惩，也就阴云密布，雷声阵阵了，不知道今天这个会怎么样啊……"

昨天？雷声阵阵？莫薇薇不动声色，继续听。

"在祭典上被执行天罚的人肯定罪不可恕啊！"

"肯定！肯定！不过雷神大人仁厚，只降雷惩罚，我听说偏远地区还有人祭这种可怕的典礼。据说他们为了向天神祈福，就把无辜的百姓杀了祭天。"

"没错，我也听过这个习俗！还好雷神大人英明，只选择对罪大恶极的犯人降雷以示惩罚，同时将其当作一种祭天仪式祈福，从不滥杀无辜百姓！"

难怪，他们这里惩罚犯人也是祭典的一部分，莫薇薇心想。

"雷神大人是天生的领导者啊！"

"没错！没错！"

兽族百姓继续闹腾着。

"人祭？怎么听起来那么吓人！"加灵插话问道。

"那也是一种祭祀活动，我以前和师父一起在一些偏远的村子里见过，他们用活人当作祭品，祈求天神赐福。"文文解释道。

"拿活人当祭品？这太残忍了！但是也不能拿罪犯祭天啊，祭天活动本就是胡来啊！"莫薇薇惊呼。

"你没看这帮族民还觉得他们的雷神大人英明神武吗？"文文暗暗讥讽。

说话间，祭坛一侧走上来两个身穿铠甲的士兵，那两个士兵还押着一个人。那是一个十多岁的少年，身材瘦削，伤痕累累，而最引人注目的是，他的眼睛被蒙上了一块白布。

少年低着头，沉默不语，即使是面对即将到来的天罚，也丝毫没有慌乱，甚至一滴眼泪都没流。

"他的眼睛受伤了？"莫薇薇问。

文文摇头："不知道，但看样子就是一个普通孩子。"

"这就是罪大恶极的人？我还以为罪犯都是那种脾气火暴的大块头呢！"加灵挠了挠头。

莫薇薇看着少年虚弱的样子，皱了皱眉道："他看起来伤得很重，也不知道他犯的是什么罪，要受天罚。"

雷神一声咳嗽，兽族百姓安静了下来。

雷神严肃地说："近日，城中多有百姓反映财物被盗，朕思前想后，夜不能寐，因此特意派出所有大内侍卫合力搜捕，终于将此贼人抓获。今日就在祭祀大典之上，将此恶人处以天罚，以安民心！"

等等，财物被盗？难道加灵的钱袋子……

莫薇薇心里一紧。

话音刚落，兽族百姓就沸腾了起来，他们同仇敌忾，握紧了拳头高喊着"处天罚"，有的甚至往那少年身上扔烂菜叶子和臭鸡蛋。

"嘿，我说我家最近怎么总是少了蛋，原来是你这龟孙子干的好事！"族民里一个母鸡大婶大叫道。

　　乌龟大爷胡子一吹，厉声道："你不要血口喷人，我这是为了今天的天罚，特意在垃圾场找的臭蛋！再说了，偷东西的罪犯还在那里跪着呢！"

　　"是哦！那定是我家那臭老头子趁我不注意，偷偷丢掉了，我回去就拔光他的毛！我这还有烂菜叶子，你随便扔！"

　　……

　　"我应该没有理解错吧？他只是偷了东西，就要受天罚，对吧？"加灵一脸不解。

　　莫薇薇和文文点头，脸色同样凝重和不解。

　　"太过分了！怎么能通过这样的法律呢！"加灵大叫。

　　"我也不能理解，这破雷神怎么制定的法律？"莫薇薇说道。

　　"不行，本神鸟身为皇族，有维护国家正义的责任，实在见不得他们胡来！"

　　说完，加灵就振翅飞到那少年跟前，面对着兽族百姓站定，兽族百姓顿时鸦雀无声，不明所以。

　　雷神恭敬地问："国师有何事啊？吉时已到，该天罚了！"

　　"本歌神刚到你们这里，钱袋子就被偷了，实话实说，本歌神真的很生气！"

　　雷神和兽族百姓连连点头，深表理解。

　　"但是，天罚也太过了吧！"

此言一出，一片哗然，众兽族百姓交头接耳，纷纷质疑起加灵的话。

"听到了吗？国师竟然说天罚过分！"

"偷窃可是重罪，能在大典上受天罚，已是法外开恩了呀！"

"可不是嘛！国师怎么能说出这种话！"

雷神咳了几声，示意兽族百姓安静，他道："大家不要激动，国师是新来的族民，对雷泽乡的法律还不了解，况且国师年幼，一时没想明白也是很正常的！"

兽族百姓恍然大悟，连连称是。

"可如果偷窃就要被处以天罚，那那些杀人放火的人，该用什么刑罚呢？"莫薇薇上前说道。

"薇薇国师多虑了，雷泽乡一向安定和谐，杀人放火这样的事情，以前没有，以后也绝对不会发生！"雷神说得斩钉截铁。

偷东西已经是最大的罪了？这荒诞离奇的地方竟还是个世外桃源？

"多亏了雷神大人治理有方，我们才能安居乐业呀！"兽族百姓中又有兽怪开始拍马屁了。

"是啊，雷泽乡能有如今的富庶面貌，全靠雷神大人的英明领导！"

"雷神大人万岁！"

众兽族百姓齐呼，非常整齐地跪下向雷神行了个大礼。

……

莫薇薇终于看明白了，这些兽族百姓已经把雷神的话奉为圣旨，只知道跟着他的思路走，根本就不动脑子！

而他们三个虽然莫名其妙被封了国师，却因为是新来的，没办法说服雷神。该怎么办才好？

"雷神大人，吉时快要过去了，请尽快行刑。"一旁的胡姬提醒道。

雷神惊觉，高喊一声："天罚开始！"

雷神取出了刚刚一直别在腰间的那个金色羯鼓，没了他的大肚子遮挡，莫薇薇总算看清楚了那羯鼓的模样。那鼓通身细长、腰部偏细，同色系的串珠绳子连接着两头的鼓面，鼓身上面还绘制了祥云和海浪的花纹，明艳又好看。

雷神抬手重重一拍，鼓声撼天动地，震得耳朵嗡嗡直响。霎时间天空云浪翻滚，雷电在云层中忽闪忽闪，众兽族百姓齐齐下跪。

"等等！这个声音……不就是我们之前在离城听到的鼓声吗？"莫薇薇揉着耳朵叫道。

文文冷静分析："方向没错，声音也没错，我们之前听到的应该就是这个鼓的声音！"

"啊，我知道了。我当时飞去始州国探路，隐隐约约也听到了这个鼓声，然后空中莫名其妙来了一阵电流，把我的羽毛烧坏了！"加灵道。

　　原来如此！离城的船夫爷爷告诉他们始州国方向时不时会传来似鼓的雷声，怪异难辨，原来那是雷神在雷泽乡惩罚犯人的声音。而这里的族民刚刚说昨天雷神曾"施以小惩"，刚好那会儿就是加灵飞过去探路的时候，这些线索都联系在一起了！

　　他们要找的乐器就是雷神手上的羯鼓！

知识注解

　　人祭：人祭是上古时期的祭祀礼俗，即用人作为祭品来祭祀神灵。

第58集
大闹祭典

"能召雷，说明这不是寻常乐器，很可能就是我们要找的乐器啊！"加灵大叫。

咚咚咚！雷神连拍三下，闪烁着的雷电汇成一道炫目的亮光，紧接着天雷降下，直直地往那个蒙眼少年身上劈去。

"就是这个，烧到本神鸟翅膀的就是这种天雷！只不过看力道，比那天的还要强！"加灵再次确认道。

"糟了！那个少年……"

能把加灵的翅膀烧焦，这道天雷的威力怕是不小，一个普通人类承受的话，会被劈成黑炭吧！莫薇薇心里一紧。

蒙眼少年跪在原地，紧抿着嘴，依旧一言不发。

族民们欢呼雀跃。莫薇薇他们提心吊胆地看着空中那道惊雷犹如蛇蝎一般迅猛游走，疾步而下。

眼看着那道雷就要击中蒙眼少年了，突然间，一个火球飞速袭来，正好撞到那道雷。

火和雷在空中交汇撞击，刹那间形成了刺眼的闪光球体，那夹杂着火光、雷光的球体猛地砸了下来，发出砰的一声巨响。紧接着，一阵烟雾弥漫四周，笼罩了整个祭坛广场。

"发……发生了什么！"

"雷神大人！"

兽族百姓焦躁不安，大声呼喊起来。

兽族百姓里有一个大象怪赶紧扇动耳朵，一阵阵大风被他扇向了祭坛处。顿时，烟雾散开，只见雷神浮在祭坛上空，并没有被伤到。

祭坛却被炸得漆黑，从中间裂成了两半，周围的五彩旗熊熊燃烧，火势蔓延至整根旗杆，十分凶猛。就连雷神刚刚坐的那把椅子都被烧得焦黑，看不出形状。大火迅速向四周蔓延开来。

"文文！快！"莫薇薇大喊一声。

紧接着，耳边一阵刺耳的笛声破空响起——文文拿出了莲花笛！

笛声一响起，一股滔天的巨浪直直冲向蔓延开来的熊熊大火。

那火焰瞬间消失。

这一切发生得太快，兽族百姓瞪大了眼，说不出话来。

扑灭火势的文文收起莲花笛，一脸平静地向祭坛处看去，顿时一惊："那个少年不见了。"

　　两个人再一看，刚刚还在祭坛上的胡姬们四散逃开，两个身穿铠甲的士兵也忙蹿下了祭坛，躲到一边，而蒙眼少年刚刚跪着的位置已经空空如也。

　　莫薇薇心里一阵后怕，幸好……

　　如果这些祭坛上的人被击中了，那么大的火球，人一定必死无疑！

　　"他去哪里了？"莫薇薇一边四下张望着，一边问道。

　　浮在半空的雷神仔细瞧了瞧这火烧的痕迹，瞬间眉毛一皱，脸上的五官扭曲在一起，勃然大怒："岂有此理！左护法，朕百般容忍你，你这魔怔病再治不好，就给朕滚出雷泽乡！"

　　左护法？莫薇薇吃了一惊，看样子，那个放火的人是雷神的护法。这又是怎么一回事？

　　这时候，兽族百姓一听"左护法"这三个字，立刻明白过来了，从刚刚的惊慌失措变成一脸淡定，开始讨论起来。

　　"这左护法怎么又发疯了？"

　　"唉，左护法什么都好，就是这脑子不好使！"

　　"挺俊俏的一个少年，可惜得了魔怔病，唉……"

　　"可不是嘛！年年祭典年年疯，从前还只是吓唬吓唬大家，今年倒好，不仅毁了祭坛，还差点伤着雷神大人！"

　　"雷神大人宽宏大量，往年都饶恕了他，想来是把他惯坏了，今年……"

话还没说完，突然一个身影如离弦之箭，从兽群中一闪而过，蹿到祭坛处。

那是一个健壮的少年，他粗暴地一脚踹倒了祭坛周围的旗杆，手里还抱着那名蒙眼少年。

原来蒙眼少年是被他救了！

再仔细看，祭坛上站着的是一个皮肤黝黑、健壮如虎的少年，身裹兽皮衣服，脚踏一双木屐，他有一头和他的粗暴性格极其相配的棕红色头发，头顶处还扎了一根冲天辫，脖子上挂了一串佛珠，九颗珠子颗颗硕大。

整个人都透露着两个字——狂野！

"是谁？"狂野少年大吼，双眼瞪得老大。

众人惊骇，心想：发作了！发作了！

"刚才是哪个浑蛋把小爷的火扑灭的？给小爷我站出来！"狂野少年继续吼道。

"这人就是那魔怔了的左护法？"加灵眨眨眼问。

"现在问题不在这里……"莫薇薇转头看向一脸淡定的文文，对加灵道，"现在的问题是，文文好像惹到他了啊！"

然后，她们就见文文上前一步，毫无惧色地道："我。"

话音刚落，狂野少年瞬间消失不见了，祭坛上只有蒙眼少年了。

莫薇薇眨眼的工夫，那狂野少年竟然已经飞身下来，冲着文文就是一记重拳！

说时迟，那时快！

文文丝毫不乱地从怀中重新拿出莲花笛，用笛子抵住了那记拳头。俩人较量力量之时，一个眼里喷火，一个眼神沉静，就这么互相瞪着对方，毫不退让！

就在这时候，咚的一声，鼓声响起，紧接着一道天雷劈了下来，正好劈在了狂野少年和文文之间。

莫薇薇眼疾手快，立刻把文文往后一拽，躲过了雷。而那名狂野少年早就嗅到了不祥的味道，向后一闪身，避开了雷击。

两个人这才分开，中间的地面上留下了一个被雷灼烧过后的痕迹。

文文看了一眼莫薇薇："谢谢。"

莫薇薇摇头："你干吗承认啊？你可是得罪他了！"

"那又怎样？"文文一脸不在意。

刚刚还在看热闹的加灵突然正色道："你们看雷神的脸，已经气得发绿了！"

果然，雷神刚刚击鼓是为了攻击那狂野少年，见他躲开了，大骂道："左护法，你放肆！你年年在祭祀大典上胡作非为，朕秉承仁义治国的原则，又考虑到你心智不全，都未予追究，你莫得寸进尺！"

"呸！你才心智不全，你全家都心智不全！"那狂野男孩双手抱胸，桀骜不驯地微微仰头，辱骂道。

兽族百姓一片哗然："完了，完了！左护法开始骂人了！这下子怕是前途不保了！"

"本来雷神大人见他法力高强，能打能斗，还敲得一手好鼓，这才让他当了左护法。他倒好，魔怔病一天比一天严重！"

"都说左护法脑子有病，大夫见了都说没救了……"

"莫非这次是病入膏肓从而回光返照，他才会如此暴躁？"

"甭管为什么，这次就算跪穿地心，我们也要求雷神大人重罚左护法！"

兽族百姓议论纷纷。

雷神被左护法气得火冒三丈，他重重地敲响羯鼓，咚咚咚的声音响彻云霄，惊雷不断从天上降下，直直劈向那狂野少年。

狂野少年却一脸不屑，动作敏捷地在无数道雷电中穿行，完美地避开，似乎在和这些雷电玩闹，而祭坛早已被雷电劈得四分五裂。

这时，一道惊雷竟然走偏，朝着祭坛上的蒙眼少年袭去。那狂野少年脸色突变，神色慌张，立即跑到了蒙眼少年身边，重新把他抱了起来，躲过了惊雷。

"左护法，你不仅破坏祭典，还要劫囚！"雷神大吼。

"你口口声声说他是贼，可有什么证据？"狂野少年也大吼回嘴。

"朕抓人还需要证据？"

"什么？"莫薇薇听到这里终于忍不住了，"这什么破雷神，居然没证据就抓人？"

底下的兽族百姓更疯狂，大喊道："没错啊！大人是神，抓人不需要证据！"

狂野少年冷笑："由你这死肥猪称帝称神地继续管理这儿的话，这里还是趁早灭亡吧！"

兽族百姓一片哗然，又开始骂狂野少年。

雷神终于忍无可忍了，一张奇丑无比的脸变得狰狞可怖。他大喊一声："来人！把左护法给我抓起来，跟那贼人一起，立刻处以天罚！"

"什么？刚刚你不是说只有罪大恶极的人才会被执行天罚？原来是你想罚就罚啊！"加灵也一脸气愤。

这时，祭坛后方拥出来一批身披铠甲、士兵打扮的兽怪，兽怪士兵蜂拥而上，把那两个少年瞬间包围了起来。

狂野少年啧了一声，一脸烦躁不安。他一边观察四周，一边在手里积攒着一股火焰，似乎在计算这股火要调到多大火力才能把这些士兵瞬间全撂倒。

那掌心的火球越积越大，在他正要一掌击出时，火球竟然灭了……

他一愣，紧接着就被一股水流淋了全身，他打了个哆嗦，一脸茫然。

紧接着，他便听到几声喊叫，是那些士兵惊慌的叫声。他们

被一股巨浪卷走了，连带着手里拿的刀枪兵刃也都一并冲散在水流里，被卷走了。

巨浪袭过之后，这祭坛竟然变成了一个泳池，到处都是水。

莫薇薇和加灵扭头一看，竟然是半天没说话的文文翻出了莲花笛，使出法术，把那些士兵给击退了。

而雷神一脸吃惊地看着文文，指着他大骂："国……国师，你竟然亵渎圣物，笛子只能用在艺术上！你不仅暴殄天物，还企图阻止朕抓人，这是何意？"

"没证据就抓人，歪理。"文文淡淡道。

"什么？！"雷神这会儿已经被气到要吐血，完全顾不上他们是自己刚册封不久的国师，又叫来了一批士兵，"既然如此，来人！把这三个新来的一起抓起来！"

"简直胡来！我也看不下去了！"加灵撸起袖子就准备打架。

那批士兵瞬间从后面拥来，加灵和文文把莫薇薇护在身后，正准备迎战，只听前方有人大喊："喂，你们几个！跟着我，跑！"

说话的正是抱着蒙眼少年的左护法。他说完后，就往祭坛后方的墙壁上一蹿，蹿上了墙头，瞬间消失不见。

怎么办？是迎战还是跟着少年逃跑？

莫薇薇思考了一会儿，指着那面墙对着加灵和文文道："不知道这雷神还有多少士兵，我们就这么迎战搞不好要吃大亏，我们暂且相信他吧！"

　　"好！"加灵和文文互相看了一眼，应道。

　　就在那批士兵围上来的时候，加灵立刻展开翅膀，拉住莫薇薇的衣领把她拎到了空中，文文也紧紧跟在后方，三个人一齐往那面墙后飞了过去。

　　"站住！"

　　莫薇薇吓了一跳，扭头一看，那又胖又蠢的雷神竟然也飞着追了上来！

　　只不过，他体形庞大，飞行的速度非常慢。加灵和文文稍稍加快了一点速度，就立刻把他远远地甩在了后方。

　　他们飞了一会儿，穿过一处密林，没多久就看到了那两个少年。怀里的少年似乎是因为一路被抱着跑，浑身不舒服，挣扎着就要下来。狂野少年看他动弹来动弹去，终于不耐烦了，大叫道："你能不能老实会儿！"

　　莫薇薇扭头看了一眼，确定那大胖子雷神没追过来后，对加灵道："放我下来吧，我们先跟他们会合。"

　　"好。"

　　三个人落地后，发现这是一处密林后的小山坡。四处空旷幽

静，没见到什么人或者兽，山坡远处有碧绿的树木，枝繁叶茂。

这时，蒙眼少年猛地一挣，摔到了地上，他起身便是一阵猛咳："喀喀……"

狂野少年又是一脸担心，凑过去问他："喂，你怎么样？"

文文凑了过去，本想替蒙眼少年把脉，看看他是不是生病了，那狂野少年似乎对文文有些敌意，立刻把文文挡在外面："喂，你想干吗？"

"替他看病。"

"你会看病？"

"自然。"

莫薇薇见这俩人不对付，忙出来打圆场道："这位左护法，文文是医生，你就放心让他看吧。"

狂野少年半信半疑地让出了位置，文文懒得跟他计较，上前替蒙眼少年看病。狂野少年又道："别喊我左护法！小爷我早就不想干了！"

"那怎么称呼你？"加灵问。

"就喊小爷吧！"

"我揍你信不信？"加灵拧着眉毛，又把袖子撸了起来，"哪里来的臭小子？"

"哎呀！好了好了，你们别打！你总有名字吧？你叫什么？"

莫薇薇耐心地问他。

"开明兽。"狂野少年语气傲慢。

"啊？你是开明兽？你是老虎？"莫薇薇又仔细打量了一番狂野少年，虽然这个人看上去的确是一个普通的少年，但身上的衣袍有虎纹的图案。

"你怎么知道我的原形？"开明兽一惊，往后退了一步，他分明没有变身啊！

莫薇薇挠了挠头，也不知道怎么回答他。

知识注解

> **开明兽：**开明兽是中国古代神话传说中的神兽，具有相当勇猛的性格，身体像巨大的老虎，有九个头并且长着人脸，是昆仑山的守护神。

第60集
误闯陵墓

这时，文文的声音响起："他受了风寒，还有点营养不良。"

莫薇薇立刻从衣服里翻出了一张饼递给那个少年，这还是她在离开离城前，提前准备好的干粮呢。

那少年一直沉默着，闻到了饼的香味后，内心挣扎了一会儿，最后还是摸索着接了过来，声色柔和地道："多谢。"

莫薇薇大惊，原来他不是眼睛受伤了，而是眼睛看不见！

"你叫什么名字？"莫薇薇问道。

那少年边吃边道："我叫善友。"

"那……雷神为什么抓你啊？"莫薇薇还是觉得这个善友看起来不像是坏孩子。

听了这话，善友表情一沉，似乎不想再提起这件事情。他匆匆两口吃完了饼，起身道："不知刚刚是谁救了我，多谢。"

说完，他自顾自地往山坡上走。

开明兽一愣，冲着他大吼："你去哪里？"

善友没回答他，继续摸摸索索地往前走。开明兽紧紧跟在他身后，莫薇薇他们也跟了上去。

加灵小声地问莫薇薇："怎么这臭小子那么关心这个善友？"

"不知道。"莫薇薇摇头。

就在这时，走在最前方的善友突然一愣，觉得脚下的土地一软。他听到后面有脚步声跟了上来，知道是刚才那几个人，忙冲着他们大喊："别过来！"

后面的几个人来不及思考这句话，紧接着，脚下一空，五个人瞬间掉进了一个深洞里！

这踩空后瞬间失重的感觉差点把莫薇薇吓死，她不知道掉在了谁的身上，短暂迷糊了一会儿，再睁开眼睛，就发现在周围趴着加灵他们几人。她忙拽了拽他们："怎么样？大家都没事吧？"

几个人哼哼唧唧地应了一声，应该都没摔伤。

莫薇薇仔细察看四周，她这一看，心里一惊。他们几个人掉进来的地方似乎是一个黑漆漆的洞，可这洞底的地面竟然是斜着的！这是怎么回事？

再往洞的另一头看，黑黢黢的，什么都看不到，头顶的光竟然都照不进来，这洞是有多深啊。

"这地面怎么是斜的？我们是不是在一个坡上？洞里也有坡？"莫薇薇问其他人。

"小子……你压着我了！"是开明兽暴跳如雷的声音。

莫薇薇都没来得及跟文文讨论他们到底掉进了什么地方，便听身边的两个人先吵了起来。

"都是意外掉进洞的，谁会刻意找到你，然后故意压着你？"说话的是文文。

"我看你就是故意的！刚刚就是你！我好不容易能一击把那些士兵打跑，你非要用水把我的火浇灭了！你不知道小爷我最讨厌水了吗？"开明兽大吼。

文文冷冷道："那么多人，你确定能一招击退？"

"瞧不起人？"

"哎呀，好了好了，你俩别吵了，我们先想办法从这个奇怪的洞里出去吧。"莫薇薇又对着在一旁看戏的加灵道，"加灵，麻烦你带我们飞出去吧。"

"好啊，不过我一次只能带一个人，我拉不起来那么多人。薇薇，你先来吧。"

莫薇薇摇摇头："还是先带善友上去吧。"

俩人正商量着，文文这会儿竟然还跟开明兽较真儿，那俩人根本没听进她们说的话，还在争论不休。

"若你真有信心一招击退那么多人，为何开始还要计算用多大火力合适？"文文问。

"你……关你什么事？"开明兽不服气。

"刚刚你为了击中天罚的雷一定消耗了大量灵力，灵力所剩不多，所以才会计算，想着能省则省。"文文继续道。

开明兽咬咬牙没说话，目光恶狠狠地盯着文文。

"你如此计算后路，心思细腻，看着不像一个脑子有问题的人，但又被这里的族民冠上了一个'魔怔'的病，你身上的谜题还真多。"

文文竟然一口气说了这么多话，莫薇薇心道。

"不不，我见过精神病，有的从外表是看不出来有病的，正常得很！"加灵插话道。

"还有这种症状？"文文吃了一惊，竟然开始深思起这种病症。

开明兽终于忍无可忍了，大吼："你们骂谁有病呢？"

莫薇薇也觉得这开明兽虽然性格乖张暴躁，但不像是真有病的人。

文文思考了一会儿又问他："你是故意破坏祭典的？为了救善友？"

开明兽被他问得一愣，慌张地看了一眼善友，一直沉默的善友也微微一怔。

"这跟你有什么关系？"开明兽严肃起来。

　　"诸位，你们刚刚带我跑到了哪里？是不是祭坛后方的一处偏僻山坡？"一直没开口说话的善友突然问道。

　　"没错，你能感觉到？"莫薇薇一惊。

　　"眼睛看不见以后，听力和对方位的感知倒是比以前强了许多。"善友道。

　　莫薇薇正想继续打听善友的情况，善友却突然从地上站了起来，摸索着向前走。莫薇薇怕他撞到墙壁，忙跟着他往前走了几步。

　　这时，只听见一个细微的声音在这个空旷的洞里被回音放大，是石头摩擦的声音，莫薇薇正愣愣地四处察看，突然感到脚下斜着的地面不稳了起来，心道："不好！"

　　莫薇薇对着加灵大喊："加灵！快，带人飞出洞口！"

　　话音刚落，他们脚下的斜面陡然翘起，几个人站不住，抱团滚到了最下面。紧接着，刚刚还是"地"的斜面居然立了起来，变成了一道厚重的石门。

　　砰的一声，石门和周围的洞壁严丝合缝地闭合在了一起，洞内霎时一片寂静，而眼前这扇石门显得格外庄严又肃静。

　　"完……完了，这是千斤闸！"莫薇薇看着那扇巨大而又沉重的石门，心都凉了半截。

　　身边的几个人也意识到了问题的严重性，都安静了。

　　文文这会儿不再和开明兽吵架了，而是和莫薇薇凑在一起研究这扇机关门。

"薇薇，你说的千斤闸指的是这道门？"文文问。

莫薇薇仔细察看了一番，这门的机关设置精巧，外人如果不小心闯入山坡，从上面掉下来的话，就会先落在一个横放的斜面门板上，一旦稍稍移动，没找到平衡，便会从斜面滑落下去。门会瞬间立起来，将洞口封得死死的，无法从里面打开。

这简直和为了防盗墓贼而设置的千斤闸一模一样啊！

完了！他们很可能掉进谁的墓穴里了！

第61集

神秘墓穴

头顶的洞口被石门堵上，整个空间瞬间黑了下来。

加灵试着用蛮力推开面前的石门，但石门纹丝不动。

莫薇薇这下更加确认了，这扇门就是千斤闸设计，她摇摇头："加灵，别浪费力气了，这门是没办法从里面推开的。这种门，是专门为了防止盗墓贼偷了墓室里的宝贝之后逃之夭夭而设计的。"

"竟有这种设计。"文文惊叹，又看着莫薇薇道，"不过，你懂得可真多。"

莫薇薇挠挠头："不是我啦，这是爸爸告诉我的，他对这些奇奇怪怪的东西很有研究。"

说到这里，莫薇薇表情一沉。唉，她走到现在，都没找到关于爸爸的线索，不知道他去哪里了。

文文仿佛看穿了她的心思，上前拍了拍她的肩膀，安慰道："放心，总会找到的。"

莫薇薇冲着文文笑了笑，表示感谢。

"那现在怎么办？我们另找出路？"加灵问道。

"只好这样了，不过，我担心的是……我们谁身上带火柴了？这四周黑乎乎的，什么都看不……"莫薇薇说到一半，突然想到了什么，"对了！"

她刚想找凶巴巴的开明兽借一把火，看看周围有没有别的出口，瞬间就有火光照亮了周围。

几个人的脸霎时间看得清清楚楚。

身后一个温和的声音随之而来："点火的事情，交给我吧。"

唉？这声音不像是善友的，也不像是开明兽的……那到底是谁在说话？

莫薇薇猛地回头一看，只见开明兽的一只手掌间正托着一小撮火焰，给他们照明。而他脸上那股暴躁不耐烦的神色也褪去了，站在他们面前的开明兽竟是一副温良无害的乖巧模样。

这……怎么感觉开明兽整个人的气场都变了？难道他突然害怕了？所以变得老实了？

就在莫薇薇好奇的时候，文文突然把他们几个往后一拉，一脸严肃地问站在对面的开明兽："你是谁？"

这话一出，莫薇薇顿时头皮发麻。

她会觉得害怕，是因为她听过传闻，说墓穴里为了防止盗墓

贼深入探宝，会专门放一些致幻的迷雾或者通过古老巫术控制人心的东西，难……难不成开明兽他已经……

"啊？我是开明兽啊。"对面的开明兽睁大双眼，一脸无辜。

"大家小心，都退后。"文文更加谨慎了，推着他们几个又往后退了几步。

莫薇薇赶忙把在角落扶着墙的善友往后拉了拉。四个人远远地和开明兽对立，拉开了距离，都是一脸警惕。

"你说你是开明兽，可有什么证据？"文文继续冷静地问。

开明兽挠挠头，皱皱眉，一脸不解："这……我就是我，还需要证明？"

"那好，我来问你，我们是怎么到这个地方的？"文文继续问。

原来，文文是要试探眼前的开明兽是真是假。

此话一出，果然见开明兽愣了一下，一脸茫然。

"啊！你是假的！真的开明兽去哪里了？我还觉得奇怪呢，这臭小子怎么突然脾气变得那么好了？"加灵指着他问。

开明兽努力想了半天，发现脑海里一片空白，他仔细看了看这几个陌生人，在他的目光扫到角落里的善友时，脸色瞬间一变。

莫薇薇心想不好，这假开明兽怕不是因为身份被揭穿了，要发怒了，她不由得心里又是一紧。

开明兽把注意力从善友身上移开，脸色平静了下来，叹了口气，跟他们解释道："你们误会了，我真的是开明兽。"

"不可能，我们认识的开明兽，性格暴躁乖张，还时不时地自称'小爷'，你这一说话就暴露了。"莫薇薇认真地说道。

听到这里，开明兽微微垂下了头，看样子是一脸无奈。他道："呃……看来刚刚跟你们在一起的应该是我大哥。"

"大哥？"莫薇薇一愣。

"嗯，我是他弟弟，家中排行第九，你们喊我小九也行。"

"怎么回事？你当真是有魔怔病？"文文表示从没见过这种病症。

"我没病啊，干吗突然骂人？"小九突然一脸委屈。

"完了，完了，精神病最大的特点就是不知道自己有病啊。"加灵在一边小声道。

"诸位，"这时，沉默了半天的善友又开口了，"我们先找出路吧，此地不宜久留。"

莫薇薇本想快点找出路的，可是眼前的开明兽实在是太过诡异了，是否带着他一起前行她还在考虑。

正想着，善友道："雷泽乡左护法开明兽，素来个性令人捉摸不透，有时暴躁有时温顺，所以别人都觉得他有病。你们也不必过于紧张，他一直如此，并非妖魔鬼怪。"

莫薇薇和文文大惊，同时问出："你是谁？是怎么知道这些

事的？"

　　"旅人罢了，四海为家，偶然到了雷泽乡，在雷泽乡待了一段时间，对这里的事了解一二。"善友道。

　　本来莫薇薇还想再问问，他到底是如何被雷神认定为盗窃贼抓起来的，但是善友好像并不打算继续说下去。他摸索着上前走了几步，对着前方的小九道："劳烦左护法，替我等带路，走出这里。"

　　小九一愣："啊？我……我不知道这是哪里啊！"

　　"你竟会不知？"善友也是一愣。

　　"不对，你果然很奇怪，你既然是雷泽乡的族民，还是左护法，怎么可能不知道这是哪里？"加灵没放松对小九的警戒。

　　"那你们先跟我说说，你们跟大哥刚刚都出了什么事？怎么就跑到这个黑黢黢的洞里来了？"小九问。

　　"你口口声声说你有大哥，自己是九弟，你大哥人呢？你俩是不是双胞胎？"加灵继续问。

　　小九立刻摇头："不是的，我们九个兄弟共用一个身体，这会儿大哥体力耗尽，已经在神识领域里睡着了。"

　　没人说话，因为他们不知道这个小九在鬼扯什么。

　　只有加灵在哄他玩一般，一脸分明没信却逗乐子的表情问道："那请问这位九弟，你俩是随意切换的吗？"

小九却一本正经地回答："不是的，只有紧急状况大哥才会出现，但是他何时回到神识领域让我猜不透，有的时候是体力耗尽了，有的时候是困了，大多数的时候是烦了。"

　　这都是些什么乱七八糟的设定？

莫薇薇倒是听说过开明兽是神话里的一种怪兽，是一只大老虎，但她还真的不知道，开明兽居然是九个兄弟共用一个身体的！

"天下竟有此事。"文文定睛看着小九，似乎在研究什么。

莫薇薇怀疑文文是不是猎奇心大起，把小九当作他的头号"病人"来研究了。

之后，莫薇薇给小九讲了一下他们从祭祀大典逃走，然后掉到这个洞里的过程，顺便向小九介绍了他们。

小九听得惊心动魄，转而又是一脸崇拜地看着文文："你居然会使用水系法术，好厉害啊！"

果然，大哥和九弟的性格完全不一样啊，莫薇薇心想。

"既然你会点火，那你就带头走在前面吧。"加灵说着，指了指小九背后黑黢黢的路口。

小九回头看去，洞穴那头黑漆漆、阴森森的，他伸伸手，把火光往里照了照，竟照不到头。这洞不知道通向哪里，也不知道前方会有什么。

他缩了缩脖子，结结巴巴地说："我……我可以在后面吗？应该也能照明。"

"不会吧？你不会是害怕吧？"加灵好笑地看着他。

被猜中心思的小九一脸慌乱，忙否认："我……我才没有！"

文文可能是为了方便研究他，道："我跟你走在前面，其他人跟在后面，这样可以吧？"

小九立刻高兴地点头，和文文走在了前面，火焰在他身旁飘着。

他们走了没几步，周围的环境从坑坑洼洼的天然洞穴变成了整整齐齐的四方形通道，这分明是人工修葺过的通道。

"果然，我猜得没错。"莫薇薇凑到墙壁前仔细看了起来，又对小九道，"小九，麻烦你照过来点。"

小九点点头，凑了过去。

火焰照亮了墙壁，莫薇薇仔细看，发现墙壁上砌着砖石。但这些砖石垒得并不精细考究，摸上去还格外粗糙扎手，她这么想着时，还有一小撮灰渣从墙上面掉落了下来。

她再抬头看，墙壁的顶部还粗糙地绘制着一些图画，她看了半天，没看出个大概，于是指着头顶上的图案问小九："小九，顶上这些图案是什么，你知道吗？"

　　小九抬头一看："那个好像是忍冬和莲花。"

　　居然是植物花草，根本看不出来啊。算了，毕竟早就见识过这里的审美了。

　　"看来我猜得没错，我们确实是不小心掉到墓穴里了，我们现在就在其中一段墓道里。"莫薇薇对大家道。

　　"墓穴？"加灵挑眉，"那是什么？"

　　"死人待的地方。"扶着墙的善友冷不丁地回答。

　　"死……死人！"小九顿时脸色一变，手上的火苗都跟着摇晃了一下。

　　"怎么？你不知道？"文文问小九，一脸不信。

　　"我不知道啊。"小九猛地摇头。

　　"简单来说，埋放尸体的地方就叫墓穴。很多皇帝或者贵族在死了之后，会把自己的尸体和很多生前的宝物一同放在墓穴里，也会把喜欢的东西刻在墙上做成壁画图案，就像这顶上的花纹。"莫薇薇继续道。

　　"那这里是谁的墓穴？"加灵问。

　　莫薇薇摇头："这个还不能判断，恐怕要继续往里走走看，才能找到信息。"

　　"你们雷泽乡有哪位贵族特别喜欢忍冬和莲花？"文文又问小九。

小九想了一会儿，一本正经地道："有，雷神大人。"

加灵额头上青筋暴出，对着他大吼："你们家雷神大人不是活得好好的嘛！刚才还活蹦乱跳地追着我们飞呢！难不成是刚死的，刚修的墓不成？"

小九被加灵吼得身体一颤，情不自禁往后一退："那……其他人我就不知道了，也许还有其他贵族喜欢也说不定。"

"薇薇，我怎么看这小子哪里都有点奇怪？"加灵盯着小九不放。

不过，最让莫薇薇觉得奇怪的是小九刚刚对雷神的称呼，他大哥可不是这么喊雷神的，难不成俩兄弟不仅性格差异大，对雷神的看法也不一样？

"我们继续往前走吧，既然这里是墓穴，想必会有机关之类的，大家小心点。"善友说着，往前走了几步。

"机……机关？有什么？"小九一脸惊恐。

"我从古书上读到过一些，大概是毒箭、滚石一类。"善友道。

这个善友好厉害，莫薇薇心里道。

"那大家都小心一点。"文文道。

一行人继续在这条墓道上往前走。

莫薇薇一边跟在小九和文文的后面走着，一边道："在我们那边，皇室、贵族会仿照活着的时候生活的地方，造出特别大的

陵墓，说是'宛然如生'。"

"意思是死后要像活着的时候一样？"文文问道。

"嗯。"莫薇薇点头。

"活着的时候都没把事做好，想死了之后的事情做什么？"这时，善友冷冷地说了这么一句。

不知为什么，一群人因为这句话沉默了一会儿。

加灵突然把莫薇薇拉到一边说悄悄话："我说，你不觉得这个丧气小鬼也怪怪的吗？"

莫薇薇叹气，小声吐槽她："你这会儿怎么突然那么敏感，看谁都怪怪的了？我看搞不好最怪的那个人是你！"

"反正，这俩一个丧一个傻，都不对劲！"

"人家哪里沮丧啦？我觉得善友说得没错啊！"莫薇薇小声反驳。

"总之，待会找个空隙，我们把文文拉过来商量一下，看看怎么跟他俩分开走。"

莫薇薇摇头："墓穴里不安全，还是别分开了吧。现在都被困在这里，我们先想办法出去再说。"

加灵想了想："也是，好吧。"

几个人继续往前走着，走了一小会儿后，走在前方的小九突然僵住，整个人愣在那里不动了。文文看了他一眼，发现他脸上的表情都凝固了，正神情紧张地盯着前方。文文随着他的目光往前一看，在模糊的光线中，前方墓道的左侧边上，正一动不动地站着一个人。

那人看起来个子不高，背对着墙笔直地站着，身上黑乎乎的一片，形状有点奇怪，好像穿着四四方方的衣服。之所以看上去像一个人，是因为他有一只手往前面伸着，不知道在干什么。

"谁……谁……谁在那里？"小九磕磕巴巴地冲着前面的那个人喊话。

这话一出，莫薇薇他们浑身一冷，鸡皮疙瘩起了一层。

难道还有别人不小心掉进这个墓穴里了？

知识注解

> **陵墓：**帝王、诸侯的坟墓，现多指领袖或先烈的坟地，亦泛指坟墓。

第63集
雷公石尭

"你们待在这里别动，我过去看看。"文文拦住了后面的人，说道。

"我跟你一起。"加灵说着，率先走了过去。

两个人朝着那人影走去，加灵试图跟他搭话："嘿，你也是不小心掉进来的人？"

人影没搭话，莫薇薇咽了一口口水，她远远地看着那影子，心里越来越慌。

他们走到远处，离火光越来越远，小九还站在刚才的位置，一步都没动，莫薇薇凑过去看了看小九的脸，他的脸都吓白了，她还以为自己已经够胆小的了。

"你们过来吧，没事的，不是人。"文文道。

"不……不是人！那不是更可怕？"小九突然从断电般的状态中恢复过来，吼道。

"可怕什么啊，是一尊石像罢了。"加灵道。

呼……原来是石像。莫薇薇心里松了口气，仿佛粘在地上的脚又重新抬了起来，往前方走去。

她倒是听说过，墓里面会修建一些跟民俗、信仰有关的石像，修建者会把他们信奉的神明放在墓里，以此保佑墓主人死后的灵魂。哎，等等，那在这里出现的神明雕像岂不是……

"啊！"

她正想着，加灵在那石像处叫了一嗓子，吓得她和小九往后退了一步。

"又……又怎么了？"小九立刻紧张地问。

"这尊雕像倒是雕得蛮好的，比雷泽乡外面那片沼泽里的树脸好多了。"加灵感慨道。

莫薇薇刚刚也想到了这点，搞不好，这墓主人把雷神的雕像一并放了进来。

几个人凑了过去，有了小九的火光，石像得以看得更清楚了。

咦？原来这是一个石龛，难怪刚刚从远处看时，是一个四四方方的轮廓。这座石龛修成一个长方形，像个大盒子一般，里面装着神像。仔细看，那神像浑身黑乎乎的，能看出来，雕工的确比之前看到的要精细很多。

不过，这尊雕像刻的并不是那个大胖子雷神，而是鸟头人身的模样，鸟头上的眼睛很大，像两个凸出的玻璃珠子，看起来怒

目圆睁，而下面的嘴巴尖尖的，像鹦鹉一般，身后还有一双翅膀。

"这不是你们雷神大人吧？完全不像。"莫薇薇问小九。

小九却点头："有可能是，这雕像正伸手要拍腰间的羯鼓。"

莫薇薇再仔细一看，原来刚刚那只伸着的手是做拍打状，石像的腰间也确实有一个小型羯鼓。

"不过，从精美程度来看，雕刻者不像是新手，又怎么会把雷神像雕得与本人有着天壤之别？"文文托着下巴思考起来。

莫薇薇也同意文文的观点："既然雕工很精细，那如果刻的是你们的雷神大人的话，肯定惟妙惟肖，不可能差别那么大，甚至完全不是一个人。"

"石像是什么样子的？"在他们身后的善友突然问了一句。

莫薇薇跟他大概形容了一下，只见善友若有所思地沉默了一会儿，然后道："这是从中原传过来的道教神话。"

"啊？"莫薇薇大惊。

其他人则听得一头雾水。

"善友，你知道跟这尊雕像有关的神话吗？"莫薇薇的一颗好奇之心瞬间被勾了起来。

善友点了点头："传说在中原有一个皇朝非常信奉道教，民间被带动着，也流传着很多道教里的神话，其中就有关于雷公的神话，这尊雕像恐怕就是雷公像了。"

雷公像？

"等等，雷公像？雷泽乡的老大叫雷神，这神像叫雷公？他们之间有什么关系吗？"加灵好奇道。

"中原那边有流传过一个说法，说是天庭住着很多掌管雷电的神仙，基层的叫'雷公'，上层的叫'雷神'，还有更上层的叫'雷王'，不过也有人说雷神就是最高级别。这故事流传到中原的不同地区，就产生了很多不同的版本，现在说什么的都有。"善友解释道。

莫薇薇好像理解了，问他："你的意思是，神话故事传到不同的地方会发生演变？那么这尊雕像的样貌是不是根据中原神话中最原始的雷公形象雕刻的，但是又结合了雷泽乡雷神使用的羯鼓进行了调整？"

"没错。"善友点点头。

莫薇薇懂了，又问道："那这羯鼓是从哪儿来的？"

善友果然知道很多："羯鼓最开始是从西域传到中原的。之后，中原的一位皇帝非常喜欢，也非常擅长羯鼓，在他执政的天宝年，民间非常流行这种乐器。"

"你……你连天宝年都知道？"莫薇薇眼珠子都要瞪出来了。

善友点了点头，既而又摇了摇头："这些都是我的恩师告诉我的。"

"你也有恩师吗？"文文突然问道。

善友"嗯"了一声，话题又转了回来："总之，这座墓的墓主人应该非常了解中原和西域。"

这句话一说出来，莫薇薇脑海中灵光一闪："啊，我知道了！"

几个人纷纷看向她，有点茫然，等着她继续说下去。

莫薇薇把他们从雷泽乡一路走到这里的疑点，全都连在一起弄明白了。她道："加灵、文文，你们还记不记得，我们刚到雷泽乡的时候，在大街上看到的母鸡公主，她当时穿的就是中原宫廷服饰，那成衣铺的老板还喊她公主殿下？"

"记得，你是想说中原文化传到这里后，已经很普及了吗？"文文问。

"嗯，还有我们在大街上看到的那两个演戏本的人，他们穿着中原大臣和太子的衣服，演的戏本却是出自敦煌的《下女夫词》。"莫薇薇继续道，"再加上，善友刚刚说的，羯鼓从西域流传到中原后，是因为皇帝喜欢，民间才跟着流行起来了。"

说到这里，许久没说话的小九居然开口总结道："你是想说雷神大人喜欢中原文化？"

"没错！雷神是雷泽乡的'皇帝'，肯定是因为他喜欢中原文化还有西域文化，所以雷泽乡的民间才会将中原、西域文化混合在一起！"

莫薇薇总算把雷泽乡混杂的风俗习惯弄明白了，原来是这么回事。

"有道理，所以……我们还找不找出口了？"加灵很煞风景地来了这么一句。

"我们边走边说吧。"善友道。

几个人正要绕过雷公石龛，这时，小九忽然磕磕巴巴地来了这么一句："喂，你们等等。我刚刚看到……那石像的眼睛动了。"

知识注解

> **石龛**：供奉神像或神主的小石阁。
>
> **雷公**：古代中国神话中主管打雷的神。《山海经·海内东经》中称，雷神生于古雷泽（故址在今山东菏泽），龙身人头，拍一下自己的腹部就会打雷。在上古的绘画雕塑和少数民族的传说中，亦有鸟头人身的雷公形象。
>
> **天宝年**：天宝（公元 742 年正月—公元 756 年七月），是唐玄宗李隆基的年号。

第64集
虫玉

莫薇薇因为他的这句话全身起了一层鸡皮疙瘩："你……你看错了吧？"

一群人又回头看向那个石龛，里面的雷公像正稳稳立着，看不出任何异常，他们又往雷公的眼球看去，看了一会儿还是没发现异常。

"是不是我太紧张了，所以看错了？"小九都开始怀疑是自己看错了。

然而，他刚说完这句话，那雷公像的眼珠居然真的动了！那眼珠子仿佛活人的一般，将视线投向了他们！

"啊啊啊！它真的动了！"小九吓得叫出了声。

小九的四周本是一片明亮，却突然暗了下来，变得不清晰了。

"喂，你冷静一下，火突然暗了，这更看不清石像怪了啊！"加灵道。

小九把头扭了过去，背对着石像，手还托着火焰，只不过烛火跟着他一起晃动："我……我没收回法力！"

奇怪，这是怎么回事？莫薇薇赶忙察看四周，小九的火光看上去像被蒙上了一层黑纱，所以，光线就暗了许多。

"这层黑色的纱雾是什么？"加灵也注意到了。

"会不会是烟？小九你刚刚是不是烧到了墙壁上的东西？"莫薇薇问。

"没有啊。"小九摇头。

"烧到东西的话应该会有烧焦的味道才对。"文文道。

可是他们并没有闻到什么烧焦的味道。

莫薇薇再定睛一看，火焰四周的黑雾竟然在以肉眼可见的速度变浓。

紧接着，几声闷响从附近传来，那雷公像竟然像不倒翁一样，左右摇晃了起来。

这雷公像难道真的活了？

众人都注意到了雷公像的异动，小九听见动静，没忍住，也回头看了一眼。一看到那雷公像仿佛活了一般后，小九立刻大叫了一声，然后一把抱住了离他最近的文文。

"你不要挂在我身上！"文文一脸嫌弃。

"我们快离开这儿！"莫薇薇警惕地说。

火光越来越暗，前方视野越来越不清晰，几个人赶忙往前面

的墓道小跑了几步。莫薇薇回头看了一眼善友，果然，善友看不见，只能慢慢扶着墙走。

她忙掉头回去，拉起了他的一只手，对他道："善友，你拉着我，我牵着你走。"

善友微微一怔："多谢。"

"薇薇，你俩走在前面，我断后。不知道那石像怪会不会突然追上来。"加灵说着，跑到了后面，一边警惕地察看情况，一边护着他们往前走。

莫薇薇心里一阵感动，忙拉着善友赶紧往前走。就在这时，几个人听见小九发出一声惨叫："啊！"

文文最先注意到了他的情况，看到小九捂着托着火焰的那只手臂倒了下来，忙上前扶住了他："怎么回事？"

小九一阵痛苦，脸色一会儿青一会儿白地吐出几个字："我……我的手臂好像被什么东西咬了一口。"

几个人吓了一跳，停下脚步。

文文忙借着小九手上微弱的火光查看伤口，只见小九举着火焰的那只手臂上有一个细小的红点，这明显是被蚊虫叮咬过的痕迹。而这个红点周围的皮肤很快肿了起来，一大片的紫红色，触目惊心，看着就吓人。

"这墓道里不会有虫子吧？"加灵吓了一跳。

"虫子？啊……难道是……"莫薇薇大惊。

她刚想到了这是什么东西，突然间，头顶出现一大片黑乎乎的东西，带着嗡嗡嗡的声音，犹如一大片苍蝇般向他们袭来！

"天啊！怎么会有这么多虫子？这是苍蝇？"加灵说着，忙用力地将飞到他们身边的虫群挥跑。

"这不是苍蝇！我在书上看到过，这叫虫玉！"莫薇薇一边跳着脚赶走虫群，一边解释道。

"虫玉？那是什么东西啊？"加灵一边抽空看了她一眼，表示不解，一边还在奋力赶走虫群。

"是墓里的一种生物，平时会聚集在一起沉睡，有很强的趋光性，见到光就会苏醒，蜂拥而至，甚至会咬伤人。"依靠在墙边的善友说道。

"所以，小九点火的这只手臂才会被咬伤？火焰上黑乎乎的那层纱是这些细小的虫子，只不过刚刚还没聚集那么多？"加灵居然想明白了。

"没错。我想，那些虫子就潜伏在墓道里，恐怕那座雷公像上也有，所以才看起来黑乎乎的。那些虫子在看到小九的火焰后，突然醒了，然后爬来爬去的，带动了雷公的眼珠子和整个身体，所以好像它动起来了一般！"莫薇薇分析道。

看来，这墓道里的怪事都是那些虫子引起的。

"原来是这样！"加灵恍然大悟。

"加灵，你撑一会儿，我要给他治伤，不能分心。"文文语气严肃地对加灵道。

"好，你替他治伤，剩下的交给我！"加灵说着，化身成了鸟，飞到上面和虫群搏斗了起来。

文文翻出了乾坤袋，里面装着他看病救人的急救囊，急救囊里有各种药草。

火光越来越微弱，文文看了一眼倚在墙边喘着粗气的小九，他闭着眼，拧着眉毛，额头渗着密密麻麻的汗珠，看起来十分痛苦，可是手上托着的火焰还在尽力燃烧。

文文心里一惊。这小子……明明被虫子咬伤后都那么痛了，还在坚持用法力替他们照明。

"你别怕，我身上带着能清血化瘀的解毒草，现在就帮你敷上。"说着，文文赶紧从急救囊里翻出解毒草，小心翼翼地敷在小九的伤口上。

小九艰难地睁开眼，看见自己的胳膊被涂了一大层药，还被文文用绷带缠起来了，手臂虽然还疼得厉害，但是安心多了。

小九小声道："谢谢你。"

"不必，医者救人，再自然不过。"

"啊？你是大夫啊？"小九突然睁大了眼，一脸崇拜，"我听雷泽乡的人说，大夫虽然不能打，不能斗，没有法力，但也很厉害，能把濒死的人救活，是在世活菩萨。"

文文眉毛一挑，不满地看他："谁跟你说我不能打、不能斗，没有法力了？"

第65集
甬道机关（一）

话音刚落，莫薇薇的声音传来："文文，不行，这些虫子太多了，我和加灵赶不走了！"

"善友，这些虫子有没有弱点？"文文转头向善友问道。

善友想了想道："有，这些虫子在遇高温后就会活跃，只要把温度降低，它们就会重新睡着了。"

文文把小九的手臂包扎好后，起身拿出了怀中的莲花笛。他冲着虫群吹出了一股水流，水流冰冷。

瞬间，那群狂躁不安、想要啃食猎物的虫子就被浇湿了，紧接着，虫子落在了地上，重新睡着了。

墓道里恢复了安静。

倚在墙边的小九仿佛发现了新大陆，完全忘记了刚刚被虫子咬伤的疼痛，竟然从地上蹦了起来，像看着天神一般地看着文文道："仙……仙人！你居然不仅会医术，还会法术！"

文文将莲花笛收起来，回头看了他一眼，用眼神表示：那还用说？

　　小九被他这副处变不惊、镇定自若的表情镇住了，他连忙原地站好，一脸认真地大声喊道："谢仙人救小九一命！小九自愿拜入仙人门下，当入门大弟子，小九拜见师父！"

　　文文蒙了。

　　众人在愣了片刻后，同时发出一声惊呼："咦？"

　　"我不收徒弟。"文文立刻冷语拒绝道。

　　"不行不行！师父救了小九的命，还这么厉害，小九一定要拜你为师！"

　　文文叹了口气，没理会他，转身朝前走去，对众人道："我们继续往前走吧。"

　　小九当他默认了，欢天喜地追了上去。

　　五人在墓道里走了好一会儿，这会儿小九的身体恢复了，火焰又明亮了起来。

　　就是不知道前面还有没有虫玉，莫薇薇对小九道："小九，你把火焰的温度调低些，或者把火光调暗一点吧，也不知道前面还有没有那种虫子。"

　　小九乖巧地点了点头，光线立刻暗了下来，走了一会儿，他们没再看到那些虫子出现。

　　"不是说墓穴里有很多的机关吗？怎么我们既没碰到机关，

也没找到出口啊？"加灵撇着嘴，有些不耐烦。

"墓道这么长……我想我们应该是进了一个大墓，还是小心点比较好。"莫薇薇说道。

正说着，小九脚下一顿，说道："前面路变窄了。"

莫薇薇一看，前面的墙壁和墓顶都厚了许多，墓顶还建造成了弧形，使得通道变得非常狭窄，一眼看去黑黢黢的，像是要把人吸进去一样。

"你们能跟我说说，路具体变成什么样了吗？"善友问道。

莫薇薇向他描述了一下，善友点了点头："我们到甬道了。"

"甬道？那是什么？不是墓道了吗？"加灵问道。

"甬道和墓道并不一样，甬道比墓道窄，是连接墓室和墓道或者墓室和墓室的通道。"善友回道。

"也就是说，墓道离墓室比较远，而甬道离墓室比较近，我们再往前走，可能就到墓室了？"莫薇薇心里既好奇又害怕。

善友点头："没错。"

小九顿时脸色煞白，僵着脖子回头问道："墓……墓室，是不是死……死人住的房间？"

"你现在已经是文文的入门弟子了，这么胆小是会被逐出师门的！"加灵故意吓唬小九。

小九大惊，赶紧看向文文："真的吗？"

文文竟然一本正经地点了点头。

小九瞬间挺直了腰杆，一脸悲壮却双腿颤抖地缓慢走进了甬道，其他人跟在他身后。

莫薇薇发现甬道的地面石砖和刚刚墓道的地面有了颜色的差别，她低头研究甬道的地面怎么突然变颜色了，靠近了仔细看才发现，原来是这里的石砖换了一种材料，所以颜色不一样了。

奇怪，为什么甬道的地面要换一种石砖材料呢？有什么说法吗？

她心里好奇，正想问善友，善友却停住不走了，还喝令一句："停下！"

就在这时，咔嚓一声，不知道是谁踩到了什么东西，脚下传来机关转动的声音。几个人一听到这个声音，瞬间心里一慌。

紧接着，善友皱着眉头大喊："快，退回到刚才的墓道里！这甬道不能走！"

莫薇薇反应极快，忙拉着善友往回跑，几个人又重新回到了墓道。

善友虽然眼睛看不见，但是耳朵极其灵敏，他聆听四周，发

现没有再出现任何声音了，这才吐出一口气，放松了下来："甬道里经常会设置一些机关。因为地势狭窄，不容易防守，擅闯陵墓的那些盗墓贼要是没有防备，不小心踩到触发机关的地砖，就会遭遇从四面八方射来的毒箭，死在甬道里。"

听完善友的解释，几个人背后起了一层冷汗。

加灵观察了一下四周，高度警惕起来，仔细听了听。

她这会儿也谨慎起来了："周围没有声音，也没有毒箭射出的声音。"

"奇怪，那我们刚刚不小心踩到的地砖触发的是什么机关？"文文皱眉思考。

"不能确定，修建陵墓的能工巧匠，往往出其不意。"善友道。

"这样吧。"文文道，"我飞到甬道上方察看墙壁，确认一下，如果没有发现细小的洞眼，那就证明这里没有射出毒箭的机关。"

说着，文文变身成了飞鱼的状态。

小九看得眼睛都直了："师……师父，你还会飞！太厉害了！"

文文正要去察看机关，低头看了他一眼："你不是雷泽乡的护法吗？难道不会飞？"

小九摇摇头："我不会飞。"

见他表情略带失落，文文没再说话，飞到上空察看墙壁。

　　加灵也飞了上去："我跟你一起！"

　　小九将手臂高举，尽量让火光能照到两个人察看的地方。两个人察看了一圈，发现甬道的墙壁上并没有细小的洞眼，似乎不会有毒箭射出来。

　　莫薇薇呼出一口气："看来，这甬道地板上的机关应该不是害人的机关，而是不小心开启了哪间墓室的门。"

　　善友点头："有可能，既然没有危险，我们继续往前走吧。"

几个人又在这条狭窄的甬道上一步一步地慢慢走着，一路心惊胆战的，生怕不小心踩到哪块石砖，触发机关。

他们心里正嘀咕着，突然，后方传来轰轰轰的几声巨响，惊天动地，五个人吓了一跳，忙捂住耳朵。

莫薇薇被这突如其来的响声吓得愣住，问："这是什么声音啊？"

"好像是从我们来时的墓道里传来的。"文文皱着眉头，紧盯着那片黑暗地带。

"可是刚刚没有踩到机关，应该没……没危险了吧？"小九吓得声音都抖了起来。

"难道是最开始踩到的那块地砖有问题？"莫薇薇紧张地问道。

"反正这里都奇奇怪怪的！我们快往前走！"加灵说着往前小跑了两步。

这时，善友道："嘘，你们听。"

大家安静下来，隐约听见远处有咕噜咕噜的声音响起，渐渐地，那声音越来越大，似乎是什么东西朝他们滚了过来。

"好像是石头滚动的声音。"莫薇薇说道。

"好像不止一块！"小九附和。

善友最先反应过来，当即大叫："是滚石，大家快跑！"

"小九，你在前面引路，加灵，你拉着薇薇，我带善友！"文文着急地对他们说道。

"好！"加灵和小九应道。

小九托着火往前跑去，他们是见识过他的速度的，并不担心，加灵拉着莫薇薇连飞带跑地跟上，善友虽然眼睛看不见，但是体力还不错，又有文文带着他，跑得也很快，他们飞快地穿梭在狭窄的甬道里。

即便他们已经尽力加快速度了，可那滚动的石头比他们更快，轰轰作响，追在他们身后，似乎已经进了甬道。

此时，最前面的小九发现甬道到了尽头，挡在他们前面的是一堵石墙。

"前面没有路了！"他着急地大叫，在石墙前停了下来。

"什么？这是死路啊！"加灵大叫。

莫薇薇感觉自己的脑子里也响起了轰轰的声音，她才不想死

在这里，给这座墓的主人当陪葬呢！可是，现在该怎么办？

"不是说甬道连着墓室吗？这怎么变成墙壁了？"莫薇薇着急地拍着墙，急得快要哭出来了。

"会不会这面墙其实是一扇门呢？"加灵慌得开始各种乱猜了。

文文上前观察石墙，但怎么看这都是一面普通的墙壁。

四周封闭，甬道狭窄，飞到上空也找不到出口，而身后的滚石正骨碌碌地向他们滚来。此时，一向冷静的文文，额头也冒出了汗珠。

莫薇薇急中生智："小九，你不是能对抗天罚吗？那滚石也难不倒你吧？"

"对啦，你用火球跟它打啊！"加灵突然斗志倍增。

"可是，不知道会有多少滚石，如果太多的话，我没办法一下子打回去的！"小九说道。

"那就打通这堵墙吧，虽然不知道这墙有多厚，但既然是墙，应该是可以被打通的。"文文提议说。

"行！"

小九后退几步，面对着石墙站定，其他人都退到他身后。

小九掌心蓄力，火焰越烧越旺，直到最后变成了一个巨大的火球。

小九的手用力一推，那火球便迅速砸向了石墙，轰的一声巨响，碎石头哗啦啦地掉了下来。

可当小九再点起火照明的时候，众人目瞪口呆，那巨大的火球竟然只砸出了几道裂缝。

"这墙是有多厚啊，比天罚还难搞？"加灵烦躁地直跺脚。

这会儿，轰隆隆的声音更大了，滚石马上就要滚过来了！

莫薇薇急得大吼："小九，拜托，再试试！文文，加灵，也一起！"

"好！"

小九在掌心又结出一颗火球，向着石墙砸去，这一次，缝隙裂开更大了。

紧接着，加灵冲着缝隙飞踢一脚，裂缝上的碎石纷纷坠落，文文用莲花笛吹出水流，企图用水流的压力将那缝隙冲出一个巨大的豁口。

莫薇薇急得浑身冒着冷汗，鼻子一酸，感觉眼泪已经挤到眼眶边上了。

她回头看，远远的，昏暗的甬道里，一块灰白色的巨型滚石几乎堵住了整条甬道，正朝着他们快速滚来。

"它过来了！"莫薇薇惊叫出声，眼泪夺眶而出。

小九消耗过大，已经面色惨白了，但他还是紧皱着眉头，深

深吸了一口气，闭上双眼，用尽全身的力气结出火球。

小九怒吼一声，将火球重重地砸向石墙。

三个人合力猛击，剧烈的轰鸣声响起，石墙终于应声破出了一个一人宽的大洞。

他们先把善友合力送进了大洞里，紧接着，加灵拉着莫薇薇一起进了大洞，小九摊在地上似乎连站起来的力气都没有了，文文眼见那滚石就要从小九身上碾过去了，一把抓住他的衣领，将他快速拉进了洞里，滚石就在他的脚收进洞里的那一刻，砰的一声，狠狠地撞击在了墙壁上。

呼……好险，总算全员安全躲过。

那滚石堵在了洞口上，他们只能继续往前走了。

他们这时候才发现身处一个逼仄的空间里，这地方就是一条窄小的排水道口。

这时，小九最后的一点法力也消耗殆尽了，手中的火焰消失了，再也燃不起来了。

他趴在地上喘着粗气，似乎疲劳过度。

几个人根本无法围过去察看他的状况，因为空间太狭窄了，抬头就能看到洞顶，起身更是妄想。

唯一值得庆幸的是，这狭小的空间里似乎氧气充足，他们不至于被闷死在里面。

"小九，你怎么样？还好吗？"莫薇薇问。

小九喘着大气："还好……我没法力了，要休息一会儿。"

此时此刻，周围伸手不见五指，他们根本不知道这里是哪里。

"不知道这个洞会通向哪里，现在什么也看不到，等小九休息好吧。"莫薇薇道。

"看来是刚刚不小心踩到的石砖触发了滚石机关，那滚石不知道是从哪里来的。"文文道。

"我刚刚听到的那个巨大的撞击声，搞不好，就是那滚石从天上掉下来时发出的。"加灵仔细回想了一下。

"我也这么认为。"善友同意加灵的观点。

"天上？可我们是在封闭的墓穴里啊！"莫薇薇感觉不太可能。

"所以，我怀疑这座墓穴是分层设计的，也许上面还有第二层。"文文冷静分析。

"啊？"莫薇薇惊呆了。

难不成，他们头顶上还有一层墓，工匠把大石头藏在第二层上，如果不小心踩到了一层机关，那么二层的某个机关匣子就自动打开，巨石便从第二层掉下来，把他们困住？

竟然是这样的设计吗？这雷泽乡修墓的工匠也太厉害了吧！

"不过，这墙后面的洞到底通往哪里啊？"加灵突然问道。

莫薇薇只能躬着身子往前爬，想看看这条通道到底有多长，她爬了几步后发现还没有到尽头，也没有看见出口，又伸手摸了摸洞壁上的纹路，发现这洞穴完全没有修整，就像是穿山甲钻洞，随便挖出来的一条通路。

莫薇薇掉头回来了，她跟同伴们汇报了洞壁的情况，还说："前面好像还有一段路呢，应该是有人提前挖好的路。"

"修墓工匠应该是像造房子那样，提前画好图纸，再把墓道、甬道、墓室什么的修好吧？怎么会在墙里修出这些看起来粗糙又不规整的洞？这些洞又有什么用呢？"文文自问自答地陷入思考。

"盗洞。"善友冷不丁地说了一句。

莫薇薇这才想起来："没错！这个乱七八糟、好像用几个大铲子乱挖的洞，更像是那些找不到入口的盗墓贼从外面随便挖出的。"

"但是，我更倾向于另一种可能。"善友又道。

几个人一愣，忙听他继续说。

"这可能是皇帝的墓穴，给皇帝修墓的那些工匠，有的比较聪明，知道自己修完墓后就会被皇帝杀掉，所以在修墓的时候，

会偷偷在墙里修几条通道，方便自己完工后悄悄逃跑。"善友说道。

"啊？"加灵吃了一惊，忙问，"工匠不是替皇帝造房子的吗？为什么帮了皇帝的忙还要被皇帝杀掉？"

莫薇薇帮善友解释："那是因为修墓工匠知道皇陵的构造啊，如果他们跑出去泄露了这个秘密，那岂不是天下的人都知道皇帝的宝物藏在哪里啦？"

"原来如此，杀人灭口。"文文感慨。

加灵忍不住打了个寒战："这也太过分了！"

"我们继续往前走吧，一直待在这里解决不了问题。"善友说着，躬下身子慢慢往前爬。

莫薇薇从一开始掉进陵墓的时候，就觉得善友不像是一个孩子，更像是一个大人，不仅知识渊博还谦恭有礼，关键时刻也不胆小退缩，可真是一个了不起的人。

"别，你看不见就别打头阵啊。"这时，许久没说话的小九，强撑着一口气对前面的善友说道。

"我说你坐起来都费劲了，就别操心别人了。文文，你带好他。"加灵吩咐道。

几个人在局促狭小的洞里艰难地调整了一下顺序，文文决定打头阵，这样能随时察看前面的情况，小九跟在他身后，善友在中间，然后是莫薇薇，加灵断后。

"好，出发！"调整队形后，加灵吼了一嗓子。

掉到这座大墓里那么久了，又是虫子又是滚石，这只鸟竟然还是那么精神！

"不过幸好，我们找到了一条路，管它是什么洞，能出去就好……唉，不对呀！如果这些洞是修墓工匠为了逃跑造的，从里面打通了，那对面就不应该是一面墙啊，刚刚那面墙有多坚固你们都看到了吧？踢得我脚都要断了！"加灵一边往前爬一边说道。

"谁知道，这座墓越来越奇怪了。"莫薇薇叹气，她也没想透。

"不过这面墙确实比一般的墙坚固太多。"文文说。

"工匠修墓时往往会运用很多知识。为了防止盗墓贼在外用炸药炸门，会在砖块之间用上糯米，这样砌出来的墙壁会非常坚固。据说，为了防止墓的主人尸变，他们还会在内墓墙上浇一层童子尿。"善友继续给他们讲解相关知识。

小九大惊："啊？那我刚刚岂不是摸了尿啊？"

他刚刚可是为了能破坏墓墙，打了好几拳在上面啊！

善友耐心解释："只是传说，未经证实。"

"喂！你的重点怎么会是尿啊？我倒是好奇，为什么要用尿浇墙？"加灵急忙问。

莫薇薇听着他们漫不经心地讲着，心里一阵慌乱。

"关于这个，我倒是曾在古书里看到过一种说法，墓穴里的

古尸是至阴之物，凶煞邪气，非常不祥，而童子尿是至阳之物，能冲掉这股邪气。"文文解释道。

"哇，居然还有这种说法，我越来越好奇这座墓的主人到底是谁了。"加灵一脸兴奋。

"一路走来，确实没发现和这座墓的主人有关的线索，大家有什么想法吗？"莫薇薇一边低着头继续往前爬，一边问。

"现在线索太少了，目前只知道这座墓的主人对中原和西域文化很了解，这样的人有很多，哪怕是在家看书的书生都有可能。"文文道。

"不不，师父，雷泽乡才不会给普通书生修这么大的墓。"小九否定道。

众人叹了口气，眼前黢黑一片，只能绷紧神经继续往前爬。

"不过,"小九爬了一会儿冷不丁地开口,好像想起来了什么,"我在市集逛街的时候,曾经听到过一个传说。"

"啊?你还会逛市集呢?"加灵问。

"对啊,我要帮城里上了年纪的爷爷奶奶们搬米面,还要打跑一些喝多了酒闹事的醉汉,帮小孩子找弄丢的玩具等。"小九终于介绍了一下左护法的工作。

莫薇薇心里吐槽:小九苏醒的时候,开明兽更像一个城管……他大哥才是真的左护法吧?

"天啊,那你和你大哥平常干的工作不太一样吧?"加灵也没忍住。

"何止,恐怕天差地别。"文文又开始阴阳怪气了。

"你听到了什么传说?"善友一本正经地把话题转了回来。

接下来,小九说了几件在城中听到过的亘古奇闻。其中还掺杂了几本民间话本,不知道哪个是真,哪个是假,几个人听得格

外入神。

　　据说，西域和中原的边界处，经常会因为土地的划分问题产生战争。战争一爆发，很多百姓甚至是战败的将军、皇族都隐姓埋名四处逃难，有的就逃到了雷泽乡附近重新扎根安家。于是，雷泽乡甚至西域其他地方便开始有了中原墓。这风俗便是古代战争的落难遗民带过来的，其中最有名的是敦煌西晋墓。

　　莫薇薇一愣："敦煌西晋墓？我曾听爸爸说过，那座墓的顶部石砖上就有莲花纹的图案。"

　　"我们刚进来的时候，顶部不就刻有莲花纹吗？"

　　加灵说完，整个人一愣，其他人往前爬的动作也都停止了。几个人把这句话回想了一遍，莫薇薇和加灵同时惊叫出声："这……这里不会就是那个敦煌西晋墓吧！"

　　他们刚这么想，善友却立刻否认道："我觉得不是。如果是西晋墓，顶部形制、墓道、甬道、方砖花纹、四周壁画等，应该会更考究。"

　　善友又道："我虽然看不见，但是一路摸墙而过，知道墙面的大致情况，又听到你们的口述和交流，大概猜到了墓穴里的样子。所以，这应该不是西晋墓。更何况，西晋墓里也没有雷公像和滚石机关。"

　　"我同意善友的看法。虽然我对风水了解不多，但是这座墓的主人看起来完全不考究风水，而像是把自己喜欢的东西乱七八糟地放在了一起。要知道，墓里的东西随便乱摆乱放，是会影响吉凶的。"文文道。

加灵点头："依我猜啊，这座墓的主人没什么文化，准是把墓当成博物馆用了！除了财宝之类的，估计还会有别的藏品呢！"

小九一听这话又道："说到藏品，我还想起来一个传说，有人曾经在墓里挖出来了一个神秘竹简。这个传说是从西晋流传开来的。"

"神秘竹简？"莫薇薇满脸好奇。

"这个传说讲的是，西晋时期一伙盗墓贼闯进了战国时期魏国的墓室。但是流传到了现在，连墓的主人是谁都不清楚了，估计是魏王的某个后人。

"这伙盗墓贼从墓里带出了一个竹简。世人不知，这个竹简的价值不仅比墓里其他宝藏高，甚至堪比金山银山，是无价之宝。"

"无价之宝？那个竹简？"文文突然有了兴趣，语调都升高了。

其他人也好奇，特别是善友，他情绪有些激动："堪比金山银山的无价之宝？难……难道你说的竹简，记录的是龙王的宝珠？"

龙王的宝珠？那又是什么？莫薇薇看了一眼前方突然停下来

的善友。

这话一出，小九沉默了。虽然在黑暗中看不见彼此的脸，但莫薇薇总觉得这些信息好像触碰了什么禁忌，突然就安静了下来。

加灵打破了沉默："继续讲啊，竹简记录了龙王的宝珠，然后呢？"

小九叹了口气继续讲："不是，那竹简记录的是上古时期的所有历史。"

"啊！"莫薇薇惊叹，"该不会是三皇五帝时期的历史吧？比如女娲补天之类的？"

"唔……具体记录了什么我也不清楚，但是我听百姓们说，只要看了竹简，就能明白文字的秘密，学会周易八卦，如何建立国家、管理百姓。总之，是个超级厉害的竹简，里面有很多知识！"小九道。

"的确，知识是千万金山银山都换不来的东西，非常宝贵。"文文很开心，"如果能有机会看到那个竹简就好了，拓本也行。"

"那估计难了，这么久了，都不知道传到哪里去了。不过……师父，你要是喜欢这类话本，我改天去市集给你搜几本，民间话本很有意思的！"小九热情地向文文推荐。

文文叹气："你懂什么，我想看的又不是民间杜撰的戏剧，而是真正的历史。"

小九挠挠头："哦……"

他又被师父嫌弃了。

"我说……诸位，咱们快点爬吧，我的脖子要受不了啦！站都站不起来，还腰酸背痛地往前爬了这么久，怎么还没找到出口啊！"加灵突然暴躁起来了。

莫薇薇也渐渐觉得四肢疲软了，他们的体力已经消耗太多了。

"那我们加速爬吧。"文文说着，快速往前爬。

爬行速度变快之后，体力消耗得更大了，几个人喘着粗气往前爬。这个时候，善友提议："能不能稍微休息下？我们原地调整一下，尽量找个舒服的姿势，活动活动筋骨，等会儿不知道还会有什么机关，我们需要左护法用法力点起火焰找出口。"

莫薇薇想了想道："好，那我们原地休息。"

几个人艰难地调整姿势休息。这时，善友问小九："左护法，你很了解西晋的历史吗？"

小九被问住了："我……我只听百姓说起过。"

"那你可曾听说过，西晋曾有几位皇帝昏庸无度、奢靡成性？"善友道，"既然西晋人得此竹简，知道了治国之术，那些西晋皇帝又怎么会散布奢靡之风？"

此话一出，几个人都愣住了。

知识注解

　　战国时期：战国（公元前 475 年—公元前 221 年），是中国历史上继春秋时期之后的大变革时期。公元前 221 年，秦国灭齐国，统一六国，标志着战国时代的结束。

　　魏国：魏国（公元前 403 年—公元前 225 年），周朝周王族诸侯国之一，也是战国七雄之一。公元前 225 年为秦国所灭。

"善友，你说的那什么奢靡是什么东西？"对于善友说的这句话，加灵恐怕连个标点符号都没听懂。

莫薇薇听得似懂非懂，小九一脸茫然，还是文文解释了："善友的意思是说，那竹简如果曾被西晋的皇帝研究过，那他们应该会治理好国家，而不是随便花钱，铺张浪费，导致民间风气不正，国家越来越乱。"

"原来是这样。"加灵总算明白了。

"没错，皇帝如此昏庸奢靡，却还能稳稳地坐着皇位，他们和雷泽乡的雷神大人有何区别？每年花那么多钱去举办毫无意义的祭典，简直愚蠢！"虽然此时莫薇薇看不到善友的表情，但是她能明显察觉到善友话里的气愤。

"你……你别这么说！雷神大人很厉害的。在他治理之前，雷泽乡治安很不好，大家经常打架，甚至自相残杀！"一直好脾气的小九居然大声反驳了善友。

"照你这么说，因为治安不好，就可以随便靠个什么羯鼓实行天罚，随意掌控他人生死了？"善友冷笑。

"可是，如果没有严厉的刑罚去惩罚他们，那些坏人就会不停地做坏事，雷泽乡就完蛋了！"小九继续反驳。

这时，善友停顿了一下，随即在黑暗中发出一声冷笑："既然如此，在雷神大人认定了我是小偷，准备对我实行天罚之时，你又何必来救我？"

"我……"小九当场愣住。

"我知道，你不顾一切救了我，可你身为雷泽乡的左护法，就该在其位谋其职。既然你认可雷泽乡的法律，那就不该救我；既然救了我，就要反抗压迫。你现在跟我讲这些是为什么，左护法？"善友真的生气了，跟刚刚温文有礼的他完全不同。

过了许久，黑暗里，他们因为疲惫导致的气喘声渐渐平息，大家都冷静了。

"这……你们别吵架啊。"莫薇薇打破了沉默。

这时，小九问道："那我问你，雷泽乡那些族民的东西到底是不是你偷的？"

善友很坚定："我一生坦荡，从不做这令人不齿之事！"

"好！你说没做过，我就相信你，那我就没有救错你！"小九居然轻轻笑了两声。

"你……"

这时，文文冷不丁地来了这么一句："善友，你其实是边境国的太子吧？"

这话一出口，莫薇薇和加灵没忍住，喊出了声："啊？太……太子？"

善友和小九一阵沉默。

"为何这么猜测？"善友的情绪重新稳定了下来。

"你虽是孩童，但学识渊博，不仅了解历史，还知道皇陵形制。而且你说过你有师父，能教你这些知识的师父定不是常人，比如太子太傅。而且，你对大义、苍生、国家法律有自己的见解，这可不是普通百姓会思考的问题。还有，你一向温和有礼，却在提到雷神的治国之道时，格外气愤，这说明你跟雷神有截然不同的治国理念。我唯一能想到符合你身份的便是太子殿下了。"

听完文文说的这一段话，莫薇薇恍然大悟。

善友顿了顿，把身体调整成了半跪着的姿势，正襟危坐地重新介绍自己："既然如此，那我就重新自我介绍一下吧。我是来自雷泽乡西边波罗奈国的当朝太子——善友太子。"

居然被文文猜中了！

"你……你也来自皇室啊！可你们人类皇族跟我们不一样吧，不能四处疯跑，要天天在皇宫里治理国家？"加灵也很震惊。

　　"没错，我正是因为波罗奈国的子民处于水深火热之中，才会四处游历，寻找挽救之法。谁能想到……居然被那雷神设计陷害，关在了雷泽乡出不去！"善友提起雷神又是一阵气愤。

　　"怎么会……雷神大人不会做这种事情的！"小九又激动起来。

　　善友冷冷地对他道："左护法，你眼中的雷神大人，不仅法力高超、掌管雷电，还赏罚分明、恩泽天下，是吗？"

　　小九狠狠点头："没错！他很厉害！"

　　"哼！"

　　"好了，你俩不要又吵起来啊，有问题不能好好地解决吗？"莫薇薇道。

　　加灵扒拉她一下："薇薇，你别老和稀泥，让他俩把事情讲清楚啊！讲清楚后不就不吵了？"

　　和稀泥？谁啊？

　　"好了。这样吧，我们先找出口，等我们从墓穴中出去后，再慢慢解决问题。"文文及时出来控场，"小九，你休息得怎么样了？还能用法力吗？"

　　小九一脸乖巧："我好些了，师父！"

　　说着，他重新在手中燃起了一团火焰，黑乎乎的洞道瞬间通明。他们往后一看，那长长的洞道早已看不到尽头，他们居然爬了这么远!

再往前一看,似乎能模模糊糊地看到前面有一个小小的缺口。

出口找到了!

"马上到出口了,先从这里出去。"

文文说着,带头在前面迅速地爬了起来,后面的人陆续跟上。

几个人在狭小的洞道中待了太久,虽然氧气充足,但还是觉得胸口闷闷的,呼吸不畅。

看到出口就是看到了希望,所以,他们只用了几分钟就爬到了前面的小缺口,五个人鱼贯而出,终于爬了出去。

他们一出去,就立刻察看周围的情况,大家都吃了一惊。原来,这洞连通着一个圆形的墓室,墓室里没有放置任何器物,唯独正中间有一个方形的高出地面一米多的台子,台子上矗立着一棵粗壮无比的巨树,大概要数人才能环抱住。

它的主干挺拔,没有一点弯曲,上面攀附着一些枯藤,一直延伸向上。

"这……死人墓里面还栽了这么大的一棵树吗?"加灵叉着腰,顺着树干向上看。

"好像是一棵柏树。"文文说道。

"这你都知道啊!师父好厉害啊!"小九崇拜地看着文文。

善友看了一眼小九,话里还带着一点气愤:"我看,你谁都

崇拜。"

小九愣了一下，脸上一阵焦急："我没有啊，你别误会……我……"

善友别过头去，表示不想理他。

小九的表情居然有点委屈……

知识注解

太子太傅：官名，即太子的师父。

文文轻咳了一声，说道："柏树的根、叶、枝、果都是很好的药材，所以我了解一点。不过，墓里面怎么会有柏树呢？还种在一个四四方方的高台上。"

"不会又是什么机关吧？"加灵大叫。

莫薇薇心里一咯噔，忙问道："善友，你知道这是怎么回事吗？"

善友想了想，说道："我倒是知道一些，但和这里的情况有所出入。我以前在书上看到过，有一种叫作魍魉的恶兽，专吃死人。"

"那岂不是经常会出现在墓里？"莫薇薇问道。

善友点头："是这样，不过后来人们发现，它害怕柏树的气味，所以，人们在墓地旁种植柏树，意在辟邪。"

"那是种在墓地旁边，怎么还会被种进墓室里米？"加灵说道。

　　她对墓主人的智商表示深深的怀疑，这都能理解错？

　　"而且这里没有阳光，树怎么会长这么大呢？"莫薇薇又问。

　　善友抿着嘴思考半晌，突然摇头道："不一定是被种进墓室里的，也有可能是墓把这棵树装了进去。"

　　众人大吃一惊，齐声叫道："啊？"

　　善友仔仔细细地解释道："有的墓是在山中挖洞造出来的，但大部分是在平地上挖了坑，把东西装进去之后，填土变成山的。"

　　"你是说，这棵树本就长得很大了，墓的主人没有把它砍倒，而是在填土的时候，把它当作墓室的一部分，埋在了地下？"莫薇薇问道。

　　"没错。"

　　这太不可思议了！莫薇薇知道在她的世界里有填海造陆，却没想到以这里的技术水平，竟然能造出一座山来！

　　搞不好，祭坛的后山就是这么来的！

　　"别纠结树了，我们快看看怎么出去吧。"加灵环视一圈，发现墓室墙壁严丝合缝，除了他们进来的洞口，再没有门的痕迹了！

　　加灵不信邪地来回转了一圈，大喊道："这墓室没门出去啊！"

"说不定有什么暗门之类的。"文文道，"小九，你过来，帮我照亮一下，我四处看看有没有机关门之类的。"

"好！"小九小跑了过去。

文文和小九在这间封死的密室里转了半天，没有发现机关或者暗门之类的，不过，倒是看到了一幅痕迹斑驳的壁画，那是一幅主色调为蓝色和黄色的画。仔细看的话，大概画的是天空和绵延起伏的小丘。

"咦？这面墙上有壁画。"小九道。

话音刚落，莫薇薇等人也凑了过去，几个人围着壁画看了起来。

"这个黄黄的部分大概是一片沙漠吧，上面蓝蓝的是天空。"莫薇薇说道。

善友说道："墓穴里的壁画，大多是墓的主人用来记录生前的重大事迹的，一般就画在甬道或者墓室的壁上。"

"这画上只有一片大沙漠，怎么还和重大事迹有关了？"加灵表示不解。

文文指着不远处说道："仔细看，壁画的上端还画了人。"

他们顺着文文手指的方向看去，画中除了一望无垠的沙漠外，还有一支行走在沙漠中的队伍，队伍中的人们骑着骆驼，头戴冠

帽，身着颜色鲜艳的异域窄袖长袍，有的骆驼背上还驮着一些鼓起的布袋和四四方方的箱子，看起来像商队或者使团。

莫薇薇仔细看了看，道："这是沙漠中的一支商队？好像都是人类，雷泽乡有远走行商的人类商队吗？"

"不是说壁画记录的是墓的主人的生平吗？可是雷泽乡的贵族里好像没有人类。"小九说道。

"据我所知，雷泽乡有一段时间非常歧视人类和半兽族。要不是烛龙大人下令，凡在他管辖的土地之内各族群要一视同仁，说不定人类和半兽族就会被兽族赶出去。这歧视就导致现在的贵族里没有人类。"善友对着小九说道。

小九一脸茫然："这……大概是几百年前的事情了吧，那时候雷神大人还不管理这儿啊！"

"左一个'雷神大人'，右一个'雷神大人'，我又没说是他导致的歧视，你心虚什么？"善友不满道。

"好了，好了，你们两个不要再吵啦！"莫薇薇及时转移话题，"我们还是继续研究壁画吧。"

加灵摸着下巴思考道："可如果墓的主人不是人类的话，为什么要画这么多人类在壁画上呢？"

"我们这儿有很多兽族擅长幻化之术，可以伪装成人类。"小九突然道。

"啊！很有可能墓的主人当年是伪装成了人类，混在了商队里，可是你们雷泽乡的兽族也需要做生意赚钱吗？"莫薇薇大惊。

小九摇头："这……雷神大人倒是想让雷泽乡经济更发达一些，好创立一个音乐大国。"

"音乐大国？他那么喜欢音乐啊，难怪我们参加祭典的时候，他对我们这么殷勤，还封我们为国师。"莫薇薇这才明白。

"雷神大人对擅长音乐的人很尊敬的！"小九道。

"所以你就是因为会敲鼓才被选为左护法的呗！"加灵想起了那些族民对小九的评价，虽然他脑子有问题，但好歹有一技之长。

"是啊。"小九天真无邪地点了点头。

文文又仔细观察了一下壁画，道："这支商队前进的方向还挺奇怪的，看上去像是一直在往天上走。"

莫薇薇也发现了，这支队伍前面的人越来越小，沙漠和队伍都呈一条逐渐向上的曲线，也不知绘制壁画的人是要表达那是远方，还是想表示商队在往天上走。

"这是要去哪啊？上天吗？"果然，加灵也这么觉得。她歪着头，没看出个所以然。

　　"小九，你能再往上照照吗？这幅画的上面好像还有内容。"莫薇薇说道。

　　"好。"

　　小九抬起手臂，火焰照到了更高的地方，这幅画上面果然还有一幅画。

　　众人看清后都是一愣，莫薇薇道："上面的画画的还是那支商队，他们又往上走了。"

　　这墙上的画，看起来就像是竖着排列的连环画一样，往上延续。

　　"这支商队在接连向上的连环画里，像是在爬墙，直直地走到了墓室顶部。"文文抬头往上看了看墓顶，高处漆黑一片，看不清楚。

　　这墓室的顶部可能比他们想象的要高得多。

　　"我让它飞上去照亮吧。"小九的手轻轻一推，那火焰便离开手心，往上飞去。

　　"它能离开你的手啊，那你还一直托着，累不累啊！"加灵问道。

　　"离开手后，我不能很好地控制它，万一碰到机关或是弄坏东西就不好了。"

　　原来是这样啊。

莫薇薇暗想，小九虽然看上去什么都不懂，但格外细心。

　　火光照亮后，众人大吃一惊。墓室顶部竟然是一个圆弧形的穹顶，顶上有一幅彩绘的巨大壁画。

"顶上竟然还有画！"莫薇薇惊叹，又猜测说，"那幅画画的就是商队最后要去的地方吧？"

加灵叉着腰，看着顶部说："墓顶这么高，把画画在墓顶上，除了我们这些会飞的，还有谁看得见啊！"

"本来也不是给人看的。"文文淡淡说道。

……

那倒也是，画在墓里的壁画，哪是给人看的啊？

加灵傻眼："那我上去看看都画了些什么，再告诉你们。"

说罢，她就振翅往上飞。

"我跟你一起。"文文说着，也变出了翅膀飞了上去。

"带我，带我！"莫薇薇大喊，"说不定我能看出什么信息呢！"

"好。"加灵掉头回来，抓着莫薇薇的衣领向上飞。

三人飞到一半，文文低头看了一眼还待在地面上的小九，道：

"小九，还能把火焰往上移一些吗？"

小九试了试，不过这穹顶实在太高了，他的火焰够不到最上面，如果用蛮力驱使，恐怕会失控，让火焰直接飞出去，把穹顶上的画烧掉。

他皱了皱眉头："不行，会攻击到穹顶。"

"别！壁画会被烧掉的！"莫薇薇大喊，她隐约感觉到壁画里隐藏着重要信息呢！

"那……那你们等会儿，我爬上去！"小九说着蹿到了高台上，踩了两下树干往上蹿了一截，然后双手灵活地攀住了树干，三两下就向上爬了一小段距离。

但小九手脚并用地往上爬的时候，顾不上掌心的火焰，火光瞬间消失，整个墓室一片漆黑，瞬间陷入了诡异的静谧中。

莫薇薇心里一慌，忙喊道："不行，不能留善友一个人在下面啊。"

善友在下面，依靠着墙壁回应："我没事。"

小九在黑暗中往下看，心里一阵担心，问善友："你……你确定没事吗？要不我留下陪你吧？"

"不要你陪。"善友拒绝。

"……"

这俩人……这个时候还闹什么别扭啊！莫薇薇叹了口气。

　　几个人正纠结着怎么合适地分配队伍，加灵和善友突然同时听见了一阵细小的声音，像是磨刀的声音，却比磨刀的声音更沉重、缓慢，像是从这墓室的墙里传出来的。

　　加灵和善友同时警惕了起来。

　　"这墓室墙里好像有东西。"底下的善友道。

　　此时此刻，四周黑灯瞎火的，什么都看不到，却突然听到磨刀的声音！

　　除了他们几个人之外，怎么可能有活物？既然没有活物，这磨刀声又是怎么来的？

　　太吓人了！

　　"小九，你还是'开灯'吧！"莫薇薇大喊。

　　说完，便听见文文和小九的说话声传来。

　　"师父、师父，你像加灵带着薇薇那样，把我拉上去啊！这样我就能腾出手点火了！"小九道。

　　"我拉不动你。"文文冷漠拒绝。

　　"你试一试啊！"

　　"我用莲花笛里的水托你上来吧。"

　　"不行，我沾不得水！我最怕水了！"

　　"怎么这么矫情？"

　　"你们快去察看顶上的画，找线索，我在底下找其他线索。

这声音不太寻常，我有点担心。"善友忙吩咐道。

几个人商量了半天，最终决定让小九在黑暗中往上爬。

这巨大的树干仿佛直通穹顶，小九摸黑爬了半天，体力消耗极快，他停在树干上，开始喘气，几个人只能在黑暗中判别声音的来源。

"小九，你要不先休息一下？"莫薇薇有点担心。

"没事。"小九喘着粗气，一边说着一边又咬牙往上爬了一段距离。

"呼……不行了，我们要抓紧时间。我这样拉着你，极其消耗体力。"加灵拎着莫薇薇道。

正说着，那墙里的磨刀声突然又传了出来，这次声音还更明显了一些，就好像墙里有什么怪物，在提着刀一点点地靠近。

"怎么回事？那声音离我们越来越近了。善友，你还在吗？"文文心里一急，忙确认底下善友的安全。

"我在，我在听这墙里的声音。"底下的善友道。

"能分辨出来那是什么声音吗？"文文问。

"像磨刀声，但不能确定。"

加灵也插话道："我也听不出来。"

小九一边奋力往上爬，一边浑身发抖："不……不会是这墙里埋着的尸体活过来了吧……"

莫薇薇被吓得头皮发麻："快别说了！别吓唬自己！"

"我……我突然想起来一件事。"小九道。

上面的三个人和树下的善友突然心里一紧，感觉这会儿从小九嘴里说出来的话，不会是什么值得高兴的事。

文文皱眉："什么事？和这墙里的声音有关吗？"

"我不确定……刚刚跟你们讲过的民间话本，其实还有下半卷。"小九咽了咽口水，背上生出一层冷汗，"下半卷讲的是，那竹简被盗墓贼偷走了之后，惊动了曾参军打仗的士兵亡灵。那些士兵亡灵死后意志更加强大，保护着墓的主人的东西不被偷走，被盗墓贼惊醒后，化身古尸，拎着一把刀四处搜寻盗墓贼。它们四处搜寻的时候，会把刀拖在地上，发出犹如磨刀的声音……"

话音刚落，咣的一声，墙壁内突然发出一道声响，就像是有人正在试图用刀把墙劈开一样！

"啊啊啊！"莫薇薇突然大喊。

"不是吧？那墙里埋着战国古尸？"加灵惊讶道，"谁把士兵埋墙里的？你这故事有点不对劲啊，古尸不是出来巡逻的吗？难道是在墙里巡逻？"

"我也不知道啊！"小九叫的声音比莫薇薇还大。

"先别猜了！小九，快点，我们先把穹顶上的画给看了！如果真有古尸攻过来，我们到时候再想办法逃离！"文文皱着眉头大喊。

"好！我这就爬上来！"

小九一边往上爬，一边听到墙壁里的声音越来越大，那声音每响起一次，他的身体就跟着一颤，连爬树的手都开始抖了。

可能是在黑暗中听到小九呜咽了一声，莫薇薇本来害怕得不得了，却在这时冲着下面努力克服恐惧的小九道："小九，别害怕，没……没什么好怕的！"

小九一怔，这句话像是强而有力的拳头，传递给了他力量。他咬咬牙，往上蹿了两步，终于摸到了树冠，纵身一跃，跳了上去！

呼！爬上来了！

莫薇薇、加灵、文文也落在巨树的树冠之中，小九不敢多歇息，忙点起了火焰，眼前一片明亮。而这时，墙里的声音突然消失了，不知道是不是那些古尸砍了半天后，发现连个缝都没砍出来，放弃了。

"我们快看画！"莫薇薇一边说着，一边借着小九点亮的火焰，认认真真地看起了穹顶的画。

画中的商队果然沿着墙壁一直往上走，到达了穹顶。连接穹顶的墙壁上画着一幅画，画上的场景是商队在远处发现了一座热闹的城，画中的城面积虽小，但绘画者将城门画得气势磅礴，仿佛能轻易囊括画中的整片沙漠。

抬头往上，映入眼帘的就是真正的穹顶壁画了。四幅色彩绚丽的画拼成了一个圆环，占据了整片穹顶。

从左往右看，第一幅画画了鳞次栉比的房屋，屋前竖立着各式各样的招牌，上面写着衣、酒、饼等字，像是各类商店，应有尽有。街上人来人往、车水马龙，俨然是一座繁华城市。这幅画画的一定是城里的景色了。

"这是中原的城市啊！你们看大街上人们穿的衣服、招牌上的字、房子的样式！没错，画的是中原城市！"莫薇薇第一时间辨认出来了。

"所以这墓里的壁画，记录的是很多年前雷泽乡的某个贵族从西域出发穿过沙漠，一路走到了中原的场景？"文文问莫薇薇。

莫薇薇点头："我觉得是！"

"再看那儿。"文文看着第二幅壁画说道，"那人应该是中原的皇帝。"

第二幅画精细地描绘了宏伟的皇宫，上面密密麻麻地画了很多人，居中的是一个大腹便便的中年男子，他身着黄色圆领龙袍，一手扶腰，一手伸出，指点江山。在他身旁，簇拥着体态丰腴的美艳宫女和器宇轩昂的文武大臣。

皇帝正对面站着的是衣袂飘飘的飞天乐伎以及装束各异的外国使臣，一幅四海升平、万国来朝的宏伟景象。

"你们看这个美人姐姐的衣服，不就是我们参加祭典前，在街上碰到的母鸡公主穿的那种裙子？薇薇，这是不是同一个款式？"加灵指着其中的一个宫女问道。

"没错，这是宫廷里的襦裙！啊……我知道了！"莫薇薇听加灵这么一问，忽然就想到了，"事情的真相就是，雷泽乡的某个贵族曾经去过中原，他在中原见到了堪比天堂的盛景，所以他让画匠把城门画得很大。后来，这个贵族不仅喜欢上了中原，还把在那里看到的一切都记录了下来，带了回去，所以我们才能在雷泽乡看到很多中原文化！"

"嗯，你们看这个角落，有一个面色发紫的人。虽不起眼，但能看得出来这是墓的主人的视角，他正用崇拜的目光看着画中的一切。显然，他十分憧憬中原的皇宫。"文文指了指左下角的位置。

众人顺着文文的手看过去，果然，在左下角看到了一个面色发紫的人，看起来格外瘦小。

"小九，雷泽乡有谁去过中原吗？还面色发紫，长得瘦小？"加灵问道。

小九想了想，答道："有，雷神大人。"

……

加灵干笑几声，拳头捏得嘎吱响，威胁道："你这是在咒你家雷神大人早点去世吗？要是再胡言乱语，我真的会揍你的！而且，你家大人都胖成什么样了？"

"那……本来就是嘛！"小九本能地抱紧了头，非常委屈。

"加灵，小九可能只知道雷神去过中原，这也不算乱讲。"

莫薇薇劝解道。

这时莫薇薇突然想到了什么，向小九问道："当年，你家大人去中原的时候，是不是带了其他人？也许这墓的主人就是那些人中的一个？"

小九挠着头想了许久："这个我也不太清楚……啊，我想起来了，雷神大人跟我说起过中原，说那里人杰地灵、物华天宝、钟灵毓秀、卧虎藏龙！"

……

莫薇薇、加灵和文文顿时愣住了，小九能一次性说出这么多的成语，是不可能临时编出来的，想来必是雷神所言。不过能将成语用得这么不伦不类，这个雷神的学习能力不太行啊。

这时，加灵指着第三幅画说："咦，这个鼓，和雷神肚子上挂着的那个一模一样。"

第三幅画画的是宫廷盛宴，锦衣玉带的皇帝坐在上位，他面前放着一面漂亮精致的金色羯鼓，和雷神腰间的那面分毫不差。

广场上，排列着嘴衔金杯的舞马、披金挂玉的表演骑手以及身姿婀娜的舞伎，盛况空前。

"这一定就是善友说的年号天宝的中原皇帝！"莫薇薇肯定地说。

"可是，同样是羯鼓，中原人是用来伴奏的，雷神怎么用来

惩罚犯人呢？"加灵疑惑地说道。

"这个……得问小九吧。"

小九说道："雷神大人说羯鼓是皇帝的象征，平时不能使用，只能由他在自己的生辰宴上演奏。至于惩罚犯人，那是因为雷神大人说音乐养民，可以创造开元盛世，所以要用音乐治国，这才用了最高贵的羯鼓来管理国家。"

"……"

这都什么跟什么啊？这雷神也是够扯的！

"生辰宴？"莫薇薇又仔细地看了看那幅壁画，突然明白过来，"啊！这幅画画的，是这个中原皇帝的生辰宴！"

加灵也凑近了看，转头问道："哪里写了生辰宴？"

"我以前听爸爸说过，这个中原皇帝的大臣为了讨好他，上奏说，皇帝可以把自己的生日定为举国欢庆的大节日，以此保佑王朝长久、千秋万代。皇帝觉得这个想法特别好，于是把自己的生日命名为'千秋节'。"

"这些大臣摆明了就是在拍皇帝的马屁啊！这皇帝竟然听不出来？"加灵十分鄙夷这些谄媚的小人。

"话虽如此，但是千秋节上的舞马衔杯表演，是人人叫好、惊艳绝伦！就是画上画的这个。"莫薇薇说道。

"也就是说，这座墓的主人曾在中原过了一次千秋节？"

文文问道。

小九插嘴道："雷神大人曾说过，他去中原是为了给中原皇帝祝寿。"

莫薇薇在心里翻了一个白眼，那个雷神一定是只在千秋节上见过中原皇帝演奏羯鼓，而又听说千秋节是中原的重大节日，所以觉得羯鼓尊贵，还认为羯鼓只能由皇帝在生辰之日演奏。至于惩罚犯人的习俗，应该是那个中原皇帝晚年沉迷音乐、无心朝政，但年轻时勤于治国，国家还算安稳，所以雷神就误以为音乐可以治国，有样学样。这实在是荒唐！

知识注解

　　千秋节：唐开元十七年（公元 729 年），百官以八月初五为唐玄宗诞辰日，定此日为"千秋节"，天宝七载（公元 748 年）改为"天长节"。

　　他们再看向最后一幅壁画，正中间画了一个圆形祭坛，祭坛下摆放着一张案桌，桌上摆着各种祭祀用品。身着衮服、头戴冕冠的中原皇帝跪在桌前，目视祭坛上方，虔诚地焚香。

　　"这是在祭天吧？"莫薇薇不太确定。

　　"祭天？我们这里的祭祀大典可不是这样。"小九说道。

　　"你家雷神大人把中原习俗和西域习俗都混在一起，学了个四不像，根本不能作为标准！"加灵冲着他大吼。

　　小九捂着耳朵委屈巴巴地说："这画上皇帝的行为才奇怪呢！那么大的祭坛不上去，非要跪在下面，上去多威风啊！"

　　"因为祭坛是天神降临的地方，人来到祭坛前，就好像来到了神的面前。"文文解释道。

　　"竟然还有这样的说法！师父，你好厉害啊！"

　　这时，莫薇薇瞧见角落里还有一个小幅壁画，这幅画就像是故事的结尾一样，幅面很小，不仔细看的话就会漏掉。

那幅画中，瘦小的紫脸人在中原大街上看到了各种各样丰腴的漂亮姐姐，百姓对她们纷纷称赞。于是，这个紫脸人在回西域的路上，疯狂进食，把自己吃胖了……

众人沉默地看着最后那幅小画很久，这才终于把雷泽乡文化大杂烩的来龙去脉厘清了。

"我看懂了，你们呢？"加灵一脸无语。

文文难以置信："你都看懂了，我当然也看懂了。"

莫薇薇叹气："原来如此。"

唯独小九杵在那里，一脸茫然："你们都看懂了？给我也讲讲啊！"

"事情是这样的。你家雷神大人为了给唐朝的一位皇帝庆生，曾在多年前造访中原。他看到了中原的美好和皇帝的生活，羡慕不已，又了解到当时的百姓喜欢丰腴的女子，所以他便觉得将自己吃得胖一些会受到百姓的爱戴。"莫薇薇道。

小九吓了一跳："你的意思是说，这墓的主人根本不是什么贵族，这些画记录的都是雷神大人独自去中原的经历吗？他突然暴饮暴食是因为这个？"

"没错。你家雷神大人虽然喜欢中原文化，但是没有钻研，了解到的都是肤浅的表象，所以，雷泽乡的文化不伦不类，满大街都是笑话，毕竟百姓也不知道正误。"文文补充道。

"所以啊，搞不好，你家雷神大人都不知道这皇陵是死去皇族的长眠之地，不然他为什么要劳民伤财地修这么一个玩意儿咒自己死？"加灵不禁讽刺道。

莫薇薇点头，总结道："嗯，雷泽乡的祭典仪式是他从中原祭祀里学来的。我想他大概并不知道皇陵在中原的意思，而是把它当成地下博物馆或者收藏宝藏的地方。既然没有真正了解陵墓知识，雷神大人自然就随心所欲地修建了，包括之前我们遇到的雷公像，多半也是他听了民俗传说后找人雕的，还有敦煌西晋墓的顶砖莲花、陵墓滚石机关、用来记录生平的壁画等。"

小九眨了眨眼，好半天才点了点头，表示自己懂了。

"我看你家大人那么喜欢音乐，就是因为受了那个中原皇帝的影响吧？"加灵又问。没等小九回答，莫薇薇抢先说道："小九，那位皇帝是靠厉害的法律和强大的军队才治理好国家的，音乐只是他的爱好而已。音乐治国根本不可行的。"

"可是，羯鼓出现后，有了天罚，雷泽乡的治安确实比以前好了许多，再加上音乐的出现，这里也比以前有趣多了，大家每天都过得很开心。"小九还是坚信他家雷神大人是英明的君主。

莫薇薇叹了口气，好像他这么说也没错。

"不过，我还有一个问题。"小九挠了挠头。他看似无意的一句话，却让莫薇薇他们三个沉默许久。

小九道："既然你们说这里是雷神大人的收藏室，不是死去的人沉睡的地方……那刚才墙壁里活过来的古尸是怎么回事啊？"

"……"

他说完，莫薇薇他们三个都沉默了。

就在这时，墙壁处又传来了一阵刺刺啦啦的摩擦声，比刚才的磨刀声更沉重，好像什么东西在慢慢移动。

"这又是什么声音啊？"莫薇薇快被这一波接着一波的诡异声响折磨得神经衰弱了。

"好像是巨石移动的声音。"

文文正推测着，就瞧见四周的墙壁竟然动了起来！

"整个墙壁竟然都动了起来！这是怎么回事？"莫薇薇大惊，再想起小九刚刚说的墙里的古尸，她心里一慌，忙冲下喊，"善友，你没事吧？"

底下居然没回应了！

此时，小九表情突然一变，他竟然准备直接跳下巨树。

莫薇薇赶忙拉住了他："你怎么了？下面不知道发生什么事了，我们一起下去！"

"不行，我要去救他！"

一向温和好脾气的小九居然挣开了莫薇薇，二话不说地就要

往下跳，他半只脚都迈出去了，领子却突然被人拎了起来，身体悬空。

他一愣，回头对上文文面无表情的脸。

文文冷声道："走。"

话音刚落，文文抱着小九，背后变出飞鱼翅膀往下飞。加灵见状也拉着莫薇薇一同往下飞。

小九身强体壮，比文文重了不少。文文吃力地带着他，差点要从半空坠落。两个人几乎是贴着巨树树干，半飞半滑地到了巨树底端。刚落地，小九就举着火焰四处寻找善友，刚往前走了没两步，文文又一把拎着他的领子把他抓了回来："别过去。"

此时，出现在他们面前的不是善友，而是一个举着一把刀，阴森可怖的骷髅兵！

这是战国的古尸？

这这这……这骷髅兵是从哪儿冒出来的？

伴随着一阵咔咔声响，只见那穿着锈迹斑斑的铠甲的骷髅兵脖子僵硬地转了转，似乎在寻找声音的源头。再仔细一看，骷髅兵的嘴部突出，头顶还长着一对细长的角……

这不是人类的骨头！

"这墓室不是封闭的吗？这骷髅兵是从哪儿冒出来的？"加灵突然来了一嗓子。

那骷髅兵本是原地不动的，听到加灵这边发出声响后，顿时带着凶猛的气势，挥刀劈砍了过来！

"快闪开！"

文文说完，几个人立刻从台子上跳了下去，跳离了骷髅兵的攻击范围，刚躲开，他们就听背后的树干发出一声闷响，那树干竟被骷髅兵手里的刀砍出一道深深的痕迹。

莫薇薇扭头看了一眼，吓出一身冷汗。

　　"你们几个！快过来！"

　　这时，他们听到正对着树干的一个黑暗之处，传出善友的叫声。

　　"善友！"小九寻着善友发出声音的方向跑了过去。

　　其他人跟着小九一起跑了过去，几个人的脚步声和喘气声又将骷髅兵引了过来。

　　加灵跑到半截不想跑了，扭过身去，冲着举着大刀杀过来的骷髅兵大喊："有什么好跑的，本神鸟还能怕了你不成？"

　　加灵说着凌空而上，伸出脚冲着那骷髅兵的头踢去。加灵在空中的飞踢速度简直一绝，力度也不小。

　　骷髅兵本想用大刀抵御住这一脚，却来不及了。霎时，脑袋被加灵一脚踢中了。

　　墓室内的回响声被放大，莫薇薇清晰地听到了骷髅兵的头颅飞出去撞击在墙壁上的声音。

　　莫薇薇心里大骇，加灵是不是武力值增加了啊，这也太强了吧！简直是一招秒杀啊！

　　几个人愣神地看着站在原地没了脑袋的骷髅兵，它还保持着举刀的姿势。

　　身后，善友的声音又传了过来："快过来！"

　　他们不敢耽搁，忙扭过头去跑到了一个暗格子里。说是暗格子，实际上是一个很小的墓室，看起来更像是耳室，耳室在墓穴里就像是一个小仓库。

几个人躲到了这间耳室内侧墙壁的死角中，小九蹲在善友身边，查看他身上有没有伤口，表情都变得严肃起来了。

"别大声说话，那怪东西看不见，只能根据声音攻击。"善友把声音压得极低。

难怪，刚刚莫薇薇在树冠上喊他的时候，他没搭理。

莫薇薇给善友大概描述了一下骷髅兵的样貌，然后问他："善友，那是什么，真的是战国古尸吗？可是，我们分析过，这里应该不是西晋墓或者战国墓，而是雷神自造的墓才对啊。"

善友想了想："不是战国古尸，按照你的描述，那应该不是人的骨头，而是夜叉族的。"

"夜叉族？"几个人同时小声问道。

"我也是在雷泽乡听到的。从前，雷泽乡里有一个叫夜叉的族群，曾经在几十年前参加过一次大战，那场大战，让很多夜叉族民死掉了，墓里的这个骷髅兵也许就是当时在大战中死去的族民之一。"善友道。

"不过，那骷髅兵是怎么出现的？该不会是在我们看穹顶壁画的时候，用砍刀把墙壁砍穿了，从墙里钻了出来的吧？"加灵皱了皱眉，问道。

"可是，我们并没有听到墙体崩塌的声音。"文文陷入了思考，"难道是……那道像巨石滑动的声响？是机关门？"

"左护法。"善友突然叫了小九一声。

小九愣了一下："在，在！"

"你帮我照一下墓室，看看外面的情况。"

"好！"

小九将火焰往外送了一圈，让莫薇薇等人好好观察了一番墓室。火焰在经过一处墙壁的时候，照亮了墙下那个一动不动的骷髅头……

小九心里一惊，忙把火焰转到了旁边。

看完了之后，所有人都不说话了。这里原本是一间封闭的密室，竟然多出来了三间墓室……

善友感到了不祥的气息，忙小声问："出什么事了？怎么都不说话？"

莫薇薇咽了咽口水，心里的恐惧早已经不是看到门口屹立不倒的那个骷髅兵时能比拟的了。

这墓室闹鬼啊！

"我……我们刚来的时候，这明明是一个没有门的密室，现在不仅多出了我们所处的左耳室，对面还出现了一个右耳室，正中间还有一个大的墓室。突……突然就多出来了三间墓室……"

莫薇薇哆哆嗦嗦地将看到的情况描述给善友。

善友听到之后愣了半天，他仔细想了想："这……雷泽乡的工匠竟如此匠心独运，竟能将一个墓室造得千变万化？"

"这里真是太奇妙了……"文文都忍不住感慨。

不过，莫薇薇被这诡异的密室吓到后，还是强打起精神仔细地分析起来："我们刚刚在树冠上听到的响声，就是这三间墓室门打开的声音？"

说到这里，加灵先否定了她的猜想："我听着不像，这里回声那么大，就算是三扇门同时打开，也会有细微的重叠声或者从三个地方分别发出不同的声音。"

加灵耳朵那么敏锐，应该不会判断有误，也就是说，门只开了一扇？可眼前明明多出了三间墓室啊！奇怪了！

这会儿，连善友都想不出来原因了，莫薇薇见他愁眉苦脸地思考，又问小九："小九，你还在大街上听到过什么传闻吗？比如机关门的传说之类的？"

小九皱了皱眉头，仔细回想喧嚣的大街上，百姓七嘴八舌讲起的八卦。

他绞尽脑汁想了半天，终于憋出一句话："我不知道机关门，但我曾听百姓说过什么机关，好像也是从中原流传过来的，叫……墨子机关之类的来着。"

小九挠挠头，想不起名字了。

不过，莫薇薇灵光一闪，惊道："我知道了！墨家机关术！"

这话一出口，文文和加灵同时一惊。

加灵问："啊？那不是莲花太子他们打仗时用的技术吗？弓弩、大炮什么的？"

"没错，我想应该是雷泽乡的工匠把这门技术运用在了修建陵墓中，有了这种技术，陵墓也可以千变万化了！"莫薇薇道，"而且，墨家机关术里有一种很厉害的技术，叫滚轴。"

文文表情一怔："滚轴？你是说轱辘？难道……"

"没错。"见文文也想到了，莫薇薇更加确定了心中的想法，她对众人道，"我们刚刚只听到了墙壁移动的声音，所以误认为只有一扇门打开了，可加灵又说三扇门是同时打开的，这就说明了整面墙壁是一起移动的。要做到这样，只能是利用了隐藏在墙壁之下的滚轴，用它做了整体的横向移动！"

众人大惊。

没想到密室之谜竟是这样！

知识注解

　　耳室：耳室一般位于正屋两侧，恰如两只耳朵在人脸的两侧，因而得名。耳室一般作为仓库使用。

　　夜叉：梵语的译音，是指佛经中一种形象丑恶的鬼，勇健暴恶，能食人，后受佛之教化而成为护法之神，列为天龙八部众之一。

第75集

骷髅兵"复活"

见加灵和小九一脸茫然，莫薇薇详细地解释："想象一下，这三间墓室本来是有门可以出入的，但是门被一面围墙挡住了，围墙之下设计了巨型的滚轴，一旦触发机关，滚轴转动，围墙被带动着同时移动，把大门给盖上了！"

"原来如此，看来那只是一种机关被触发后的障眼法，工匠用移动的墙壁把原来的门盖住了，所以我们进来的时候这里是一间密室。"文文托着下巴，点了点头，表示认可莫薇薇的说法。

"那是谁触发的机关啊？我们……应该没有再乱踩到东西了吧？"小九突然问。

"啊！你这么一说，我突然想到了那些工匠修的逃生之路，为什么尽头会是一堵墙了！"莫薇薇道。

"嗯。恐怕是因为我们之前踩到的那个机关，不仅使顶上墓室的滚石落下，同时还让墓室墙面整体移动，通道被墙盖上——上方有滚石，前方又变成了死路，这是一套能把盗墓贼困死或压死的连环机关。"文文补充道。

"这些工匠也太阴险了吧!"加灵挑眉。

"按理说,盗墓既会惊扰死人,还要获取不义之财,葬身于此也合情合理。"善友淡然地评价道。

加灵叹了口气:"可我们是不小心掉进来的啊,谁稀罕那雷神藏在这儿的东西啊!"

"等等,还有一个疑点。"文文想了一会儿后道。

"你说。"莫薇薇道。

"我们爬上树顶去看画的那会儿,骷髅兵应该是在移动墙的内侧空间。从方位来看,它最有可能在左右耳室中间的主墓室内。它在主墓室里听到了我们的声音,于是挥刀劈墙,那时我们不知道墙有机关,所以自然以为骷髅兵被埋在了墙里。"

"对,我们看穹顶画的时候,骷髅兵安分了好一会儿。嘶,它该不会是……"加灵皱了皱眉。

莫薇薇细想加灵的话,身上起了一层鸡皮疙瘩:"你是不是想说骷髅兵有自主意识,因为砍不破墓墙,所以找到了触发移动墙的机关,从主墓室走了出来,在树下等着我们呢?"

加灵一愣:"啊?原来是这样啊!我想说的是,那玩意儿很有可能是在酝酿绝技,然后使出一招终极必杀之穿墙术,然后嗖一下穿了过来!"

"……"

真是高看她了。

"我觉得薇薇猜得没错。因为当时我们在专心看画，而在树下的善友更不可能随意乱碰，触发机关，唯一的解释就是移动墙的机关是骷髅兵为了追杀我们而自己去触发的。"很明显，文文直接无视了加灵的猜测。

"这……骷髅兵居然有意识……"莫薇薇的声音跟着颤了颤。

"先别管这些了，你们在穹顶看到了什么？"善友问。

莫薇薇跟善友描述了穹顶画的内容，还告诉了他自己的分析。

善友皱着眉头沉思了一会儿："没想到这座墓的主人竟然是那雷神——虽然也有皇帝死前修墓，但也实属不吉。哼，更何况，他还自以为墓室就是地下藏宝室。"

善友明显对雷神有很多不满。

"总之，墓的主人的身份知道了，密室谜题解决了，那骷髅兵也被你们打倒了，接下来，我们继续找出口吧。"善友道。

这时，莫薇薇重新翻出了她的敦煌图纸。她趴在地上，画起了陵墓的大体结构，一边画一边说："假设这个陵墓像我们猜的那样，装着巨石机关的墓室在我们上一层，就像是二楼一样吧，我们又是不小心掉下来的，那我们是不是应该找往上的路？这样才能出去吧？"

"那简单啊，回到中间那棵巨树上，把穹顶打穿！"加灵大大咧咧道。

　　文文叹了口气："虽然这里只是雷神的藏宝室，但肆意破坏他人之墓也不好。不到迫不得已，我不打算这么做。"

　　"我同意……坏人墓地，总觉得像做坏事。"莫薇薇道。

　　"左右耳室一般只存放物品，我们去中间那间主墓室，继续找前进的路。"善友说着就要起身。

　　"我们还是察看一下耳室，看看还有什么线索吧。万一还有壁画能给我们提供信息呢。"莫薇薇道。

　　话音刚落，小九把手里的火焰往耳室中间一送。他一愣："啊，你们看，中间有个箱子。"

　　随着他的火焰移动，众人这才仔细察看起了耳室内部，不仅仅是中间有个箱子，角落里还摆着几个青釉瓶子和青铜器皿，上面积了厚厚一层灰。

　　他们挪到箱子边上，几个脑袋凑在了一起。莫薇薇咽了口口水："这箱子……应该不会装着什么尸体吧？"

　　文文皱着眉摇头："怎么你也变傻了？尸体一般都装在棺椁里。而且这么小的箱子，装不下。"

　　加灵手快，不管三七二十一，就打开了箱子。莫薇薇惊得往后一退，闭上了眼，唯恐有什么跳脚大仙、三头六臂的恶魔跳出来。

"啊！"她听见加灵大喊一声。

莫薇薇没忍住，睁开了眼："怎么了？怎么了？"

箱子里装着各种金银财宝，还有民间使用的布制荷包，荷包鼓鼓的，像是装着小石子。但莫薇薇知道，这东西便是古代人用来装盘缠的钱包。

而她在箱子的角落里，居然还发现了加灵的钱袋！

加灵连忙把自己的钱袋拿了出来，她立即小心翼翼地数着钱袋里的贝币，看看少了没有，没空理睬别人，独自进入了忘我的"数钱"状态，视一切为无物。

莫薇薇和文文却不禁一阵恶寒。

"加灵的钱袋不是被雷泽乡外那片森林里的怪影子偷走了吗？怎么会出现在这里？"莫薇薇问。

文文绞尽脑汁，想不出一个所以然。

善友听着他们的聊天，心里生起一般怒火，他知道了宝箱里有他想要的东西，他渴求的东西……

但他还是扭过身对众人道："如果没有其他线索，就继续走吧。"

就在这时，文文暂时放弃了加灵钱袋离奇出现在这里的谜题，而是一脸严肃地对着善友的背影道："既然后面还有一段路要同行，那我必须先确认你的身份。"

这话一出，众人一愣。

莫薇薇心里一惊，本能地靠近文文一些，抓着他的袖子。

善……善友是假的吗？

善友的背影一顿，扭过身来："我不是都告诉你们了？我是波罗奈国的太子，来到此处，实属偶然。"

"不，你知道的事情太多了。"文文面无表情地看着他。

"那是因为我漂泊于此，打听到了很多关于这里的事情。"

"不，我想说的是，你从一开始就在有意识地带我们走。明明看不见，却执意往山这边走，好像知道山下有墓一般。后来我们不小心掉到墓中，处在一个斜置的千斤闸门上，若不是你先起身往前走了一步，千斤闸不会失衡倒向一边，我们也就不会误闯进来。"

"……"

"再到后面，我们遇到了很多奇怪的事，你都不慌不乱，看上去不像懦弱之人。你并不懦弱，却又不停地在提醒大家赶快找出口，如此说来，你是带着目的引导我们来的，你要找的不是逃生之路，而是其他的路——这墓里有你要找的东西，对吗？"

善友沉默不语，小九脸色惨白，不知道在想什么。加灵终于数完了她的贝币，看了过来。莫薇薇心里一沉，因为文文怀疑的地方也是她心中的疑惑。

　　没人说话了。极其肃静之时，远处传来脚步声，他们一惊，迅速看向耳室外。

　　原本站在门口的骷髅兵，此时已经走到了自己被踢飞的头颅旁边，正将拾起的头重新放回脖子上。它僵硬地转动脖子，一阵咔咔声响之后，那颗头颅就被重新安到了它的身体上。

　　骷髅兵竟然"复活"了！

知识注解

　　青釉：中国瓷器著名传统颜色釉，亦称"青瓷釉"。古代南方青釉，是瓷器最早的颜色釉。

　　青铜器：在古时被称为"金"或"吉金"，是红铜与锡、铅等的合金，其铜锈呈青绿色。

　　本册完，更多精彩尽在《神兽乐队 3》！